PLAY

SPRING 野

更具体地生长

All This Wild Hope

♫ This Is Not a Book About Benedict Cumberbatch

The Joy of Loving Something—Anything—Like
Your Life Depends On It

我要快乐！

当妈妈们开始追星

Tabitha Carvan [澳] 塔比瑟·卡万（著）

左蓝 （译）

GUANGXI NORMAL UNIVERSITY PRESS
广西师范大学出版社
·桂林·

图书在版编目（CIP）数据

我要快乐！：当妈妈们开始追星/（澳）塔比瑟·
卡万著；左蓝译.——桂林：广西师范大学出版社，
2024.6
书名原文：This Is Not a Book About Benedict
Cumberbatch
ISBN 978-7-5598-6361-4

Ⅰ.①我… Ⅱ.①塔… ②左… Ⅲ.①纪实文学－澳
大利亚－现代 Ⅳ.①I611.55

中国国家版本馆CIP数据核字（2023）第173745号

著作权合同登记号桂图登字：20-2023-083号

WO YAO KUAILE！：DANG MAMAMEN KAISHI ZHUIXING
我要快乐！：当妈妈们开始追星

作　者：（澳）塔比瑟·卡万　　　　　责任编辑：彭　琳
译　者：左　蓝　　　　　　　　　　　特约编辑：赵雪雨
装帧设计：汐　和 at compus studio　　内文制作：陆　靓

广西师范大学出版社出版发行

　广西桂林市五里店路9号　　邮政编码：541004　　网址：www.bbtpress.com
出版人：黄轩庄
全国新华书店经销
发行热线：010-64284815
河北鑫玉鸿程印刷有限公司印刷
开本：860mm×1092mm　1/32
印张：11.5　　字数：135千字
2024年6月第1版　　2024年6月第1次印刷
ISBN 978-7-5598-6361-4
定价：58.00元

如发现印装质量问题，影响阅读，请与出版社发行部门联系调换。

粉丝文化的核心在于重新夺回玩耍的空间，
允许自己保持有益的自私。

―――

知道自己想要什么是一种强大的燃料。

Jimmy Walsh Photography

献给演唱会上的女孩

目　　录

前言

你在想什么？我在想本尼迪克特·康伯巴奇[1]。即使是现在（想着他的颧骨），写下这段话的时候（想着他那可以呈现绿、蓝、灰三色的眼睛[2]），我也在想他（想着他穿紧身裤的大腿）。

---

1 本尼迪克特·康伯巴奇（Benedict Cumberbatch, 1976— ），英国男演员。2010年在电视系列剧《神探夏洛克》中饰演夏洛克·福尔摩斯，并凭此角色获得多个最佳男主角奖，也因此被中国粉丝昵称为"卷福"。同年因舞台剧《弗兰肯斯坦》获得劳伦斯·奥利弗奖最佳男主角奖。2014年凭电影《模仿游戏》获得奥斯卡金像奖最佳男主角提名，并入选《时代》周刊年度"全球最具影响力人物"榜单。2015年被英国女王授予大英帝国司令勋章（CBE）。2019年凭电视剧《梅尔罗斯》获得英国电影与电视艺术学院奖最佳男主角奖。2022年凭电影《犬之力》再度入围奥斯卡金像奖最佳男主角奖。——本书若无特别说明，脚注均为编者注

2 本尼迪克特因患有虹膜异色症，瞳孔会随着光线变化呈现不同的颜色。

I

我一边想本尼迪克特·康伯巴奇，一边写下这些文字，头顶的墙上是他的照片。其中一张是他为《名利场》杂志拍的封面：他一只手放在脑后，另一只手搭在裤腰处。照片里他明明站着，却很像平躺在地上。那样的话，摄影师当时一定是（替我）跨坐在他身上。

我在本尼迪克特·康伯巴奇的"里面"写下这些文字——我正穿着一件印有本尼脸的帽衫。这件衣服是我丈夫在网上给我买的圣诞礼物。每天早晨我都会穿上它，蹑手蹑脚地走出卧室，来到这个房间。有一次我脱掉帽衫后，丈夫挑起眉毛问我："你知道网上可以买到多少种印着本尼的帽衫吗？"我知道：3803种。

那意味着本尼迪克特·康伯巴奇的"里面"还有很多人。我们在那儿干什么？当我的家人熟睡时，我在被电脑屏幕照亮的空房间里做什么？为什么我，一个妻子、一位母亲，会在这片黑暗中臆想名人的大腿？为什么我，一位成年女性，会将这位魅力男子的照片贴在墙上？那些照片甚至没有裱起来，我从杂志上撕下来，用蓝丁胶粘了上去！墙上会留下油性污渍，就像我青少年时期在卧室墙上留下的星星点点的印迹。为什么我要用所剩无几的空闲时间循环播放他的 GIF 动图，仿佛眼前是一部完整的故事片，而不只是几帧动态图片。一部精彩绝伦的影片每隔几秒就能让我达到一次高潮：一个我在生活中不认识的男人将围巾摘下。这个瞬间，我看了一遍又一遍。完美。我还要再看一遍，再看两遍，再看很多遍。我甚至可能会因此忘记把面包从冰箱里拿出来，那是给孩子们做午餐三明治的原料。之后，我得想方设法把那个冻得没了形状的面包塞进便当盒。我会告诉孩子们，等到午餐时间，它们一定会变好。

真的吗？我说的当然不是三明治（我敢肯定它们不会），而是这一切。我呢？我会变好吗？我似乎正处在犯错的边缘。

III

又或者，我甚至不再是我自己。也许很快我就会突然转过头，对着镜头坦白："我怎么会变成这样？"我会振作起来，会成长，会重新粉刷房间斑驳的墙壁。我会忏悔："记得有一阵我非常迷恋本尼吗？我到底是怎么回事？"所有人听到都会一笑了之。那之后，我在准备午餐这件事上再也不会出任何差错。

但我的故事似乎并不会这样收尾。我并没恢复理智，而是转过身，回到那个房间，走向那些照片、GIF 动图，放任自己深陷于他的颧骨。这是个不幸的消息，我知道。如今这个故事只能拥有另一种结局：我让自己难堪。没错，我此时此刻正在让自己难堪，也在用"紧身裤""平躺"这样的词让你难堪。本尼迪克特·康伯巴奇本人也会感到难堪。更不用说你的丈夫，他对这一切的看法。

这确实不像我的风格，或者至少不再是我以为的、我认识的那个我。

但我从未感觉如此美好。

IV

第一部分　康伯巴奇之旅

第一章　这是关于母亲身份的一章

"噢，你永远不知道自己会被什么击中！"

本尼迪克特·康伯巴奇的迷人之处在于，当你准备好的时候他早已就位。他是一位绅士，秉持"你优先""女士优先"的原则。

虽然我不太愿意承认，本尼站在那儿，扶着门，等了我很久。那时我没有太留意他。但很难不注意到他，因为大约从2012年到2014年全世界都在为这个叫康伯巴奇的男人疯狂。他有一个奇怪的名字和一张奇怪的脸。《神探夏洛克》一跃成为全世界观看量最多的电视剧之一。我还记得那时和母亲打电话聊天时她说，本尼长得很像黄貂鱼肚皮上的那张脸。

除了拜伦式的深沉的夏洛克·福尔摩斯，他还是汤姆·斯托帕德[1]的迷你剧《队列之末》中那个有双下巴的金发约克郡人；《锅匠，裁缝，士兵，间谍》中一头姜黄色直发的秘密同性恋者；《八月：奥色治郡》中不幸的——但有唱歌镜头！——美国俄克拉何马州人；《为奴十二年》中"善良"的奴隶主；《星际迷航2：暗黑无界》中的"坏人"；《模仿游戏》中的艾伦·图灵；《危机解密》中的朱利安·阿桑奇（我没骗你）；《霍比特人2：史矛革之战》中一条叫作史矛革的龙。他把"penguin"误念成"pengwing"的视频引起病毒式传播；他在奥斯卡颁奖典礼上抢"U2"乐队镜头的照片被疯传；还有人以他为灵感，在网上创建了一个本尼迪克特·康伯巴奇姓名生成器（贝

---

1 汤姆·斯托帕德（Tom Stoppard，1937— ），英国当代最重要的剧作家，曾凭《莎翁情史》获得奥斯卡最佳编剧奖。

海拉明·布谷克劳克、贝托博克斯·卡托费什、伯格金·斯克拉斯涅夫……说真的，我愿意用这本书剩下的篇幅列出这些名字），就连这个软件都尽人皆知。他曾登上过《时代》周刊"天才特辑"的封面。《伦敦书评》发表过一首关于他的诗。《纽约客》刊登过以他为主题创作的漫画：一个孕妇正在做超声波检查，屏幕显示她的子宫里是一个面带微笑的男人。超声医师对她说："别担心。他是本尼迪克特·康伯巴奇，他无处不在。"每当他出现在一个地方，我都会想："噢，怎么又是他？"他饰演的每一个角色都呈现出截然不同的模样，清除了我收集的关于他实际长相的所有数据。每个拍摄角度都会呈现出他没有瑕疵的新的一面，而我永远无法将这些面相拼凑成一个整体。

最喜欢本尼的哪个部分，关于这个话题我和很多人讨论过很多次。（你懂的！不是他在作品中饰演的部分，而是他本人的部分。）答案包括他的颧骨（这还用说吗）、后脖颈、丘比特之弓一般的嘴唇。一位女性朋友告诉我，她没办法只选一个，所以想了很久。她可以通过任意一块本尼的碎片认出他，"只有他的耳朵让我有点犯难"。这个挑战对我来说也不在话下，毕竟我曾在网上做过一个测试，测试内容是将本尼在《神探夏洛克》中头发的截图和这张图出现的集数匹配起来。那位女性朋友最终选出了最喜欢的部位：他拇指与食指之间的间距。她给出了很好的答案。我很懂她。

当本尼把拇指和食指并起来时，你就会注意到那之间的距离很短。就在那一刻，我从"觉得他长得奇怪"，彻底倒向"无法停止看他"。在那美丽的间隙中，变化发生了。而他一直在等待那一刻的到来，一如既往、毫无怨言。他扶着门，让我走进去。也许我在进门时轻轻擦过了他的身体。为什么不呢？毕竟他拥有那么多富有魅力的部位。不过这只是一个隐喻，你可以在一个隐喻中为所欲为。

那个瞬间实际上是这样的：本尼戴着高礼帽，一只手正在给另一只戴皮手套。那是他为《神探夏洛克》"维多利亚"特别篇拍摄的宣传物料。照片登在报纸上，报纸摊开放在咖啡厅的桌上。我在一旁等外带咖啡时——那么久以来，我终于既不在孕期，也不在哺乳期——瞥到了那张照片，心中升起一阵意料之外的渴望。我看着照片，盯着那双间距过宽却又如此完美的眼睛。我心想：好吧，我得看一看这部剧了。

我很抱歉，这个故事关乎一个如此重大的时刻，却又如此乏味。但这就是一个母亲的生活。

♥

在二十来岁到三十出头这个时期，我辗转于不同的城市。每到一个地方，我都会用博客记录那里的生活。我知道，身为写作者，只有全情投入才能有所成就，我朝着这个方向前进。

我在网上记录过自己在巴黎的生活和求学经历。那时，互联网刚出现，博客还叫"网络日志"。再后来，"博客"的叫法出现了，我开始记录在悉尼内西区的生活，并匿名发布。没有任何人发现我的身份——一家当地报纸报道了那篇博客，并且误以为作者是位男性——我高兴坏了。之后，我因工作搬去了越南河内，开始"博客"那里的生活。"博客"在那时被用作动词。

就在那儿，本尼迪克特·康伯巴奇通过《神探夏洛克》第一季潜入我意识的边缘。要想在河内看到这部剧，我必须去古街区某家落满灰尘的店铺买盗版DVD。店家会拿来一个装着DVD封面的文件夹，翻开即可挑选。挑选的过程就像看菜单点菜，只不过里面"烹饪"的是光碟。我点了《神探夏洛克》，上菜时它被装在劣质的唱片套里。

那时我在博客里记录的大多是类似这样的经历。我想分享一种连买DVD都很新奇的外国人视角。保持记录让我的每一天都激情四溢，人们也很爱阅读我的生活。很快亚洲和澳大利亚的报纸和杂志开始转载我的博客。我挖掘每一次际遇，将其视若珍宝，越写越多。每个短暂的事件都富含深意，值得细细品味，我也会频繁地表达观点。当时的我，对很多事都有自己的看法。

后来，我和我的伴侣内森结婚了。然后，我怀孕了。我们因为内森的工作搬去了澳大利亚的首都堪培拉。我不再写博客了，因为根本没人想了解这座城市。它最能被人记住的一点是，它既不是悉尼，也不是墨尔本。在这个偌大的国家中，堪培拉偏偏位于悉尼和墨尔本的正中间，交通很不便利。还有一个原因是我那时很忙。在儿子的出生证上，我登记的职业是"作家"。这么写显然有些过于乐观了。不到两年后，当我在女儿的出生证上写下同样的两个字时，我基本在捏造事实。这或许也是一种写作？

"康伯巴奇热"在全球范围内成为一种文化现象的时候——2012年和2014年——恰好是我的孩子们出生的年份。那两年对于一阵潮流来说如此短暂，却是我人生中最漫长的日子。全世界都在关注本尼，我也全神贯注，只不过我聚焦的是其他事。孩子的事情太多了，我每天都度日如年。我竭尽所能利用剩余精力去关注本尼，但根本无法做到。对于这个男人，我没有任何想说的话——确切地说，对于所有事情，我都失去了表达欲。我知道什么时候让孩子午睡，什么时候给他们喂奶。我知道超市里有哪些特价商品。孩子们看着窗外的鸟时，我看着他们。我总是喝下半杯早已凉透的茶。我仍讲故事，但只是对丈夫说，我在超市买了什么，鹰嘴豆泥在打折，非常实惠。对于我生活的城市，我无话可说。一切看上去并无大碍，只不过每一天都变得庸常，我停止了探寻。

当你即将成为母亲时，人们总会对你说："哇，你永远不知道迎接你的是什么！"听起来让人兴奋不已。我摆好姿势等待进入母亲的角色，静候戏剧性的迫降，仿佛我会沿救生充气滑梯滑到地面，有一个伟大的幸存者故事可以讲。也许我还可以把这件事记在博客里！但事实是，成为母亲并不会经历这样的冲击时刻。相反，你只会被困在无止境的停滞中，在机场附近盘旋，消耗燃油。飞行的乐趣消失。你只需要一直不停地运行。我祈祷着前面有东西在迎接我，好让我打破这种单调。

那些我曾经认为无关紧要的事情变得无比重要。我满脑子想的是晚饭做什么，天气适合晾两摆还是三摆衣服。这一切都很重要，因为我的生活完全由我、晚饭、洗衣服和孩子构成，容不下其他事情。我没有多余的时间，没有思考的空间，没有生发情绪的机会，也没有本尼迪克特·康伯巴奇。

"你为什么不写作了？"我常被这样问道。"为什么不重新开始写博客？"因为我没有这样做的权利，也没有资格。我的生活里没有趣事，没有观点，没有故事。"我的生命里无事发生。"《神探夏洛克》第一集开头，心理咨询师鼓励华生写博客时，华生这样回复道。然后主题曲响起，预示着即将发生一些事情。而我的生活无事发生，更没有属于它的主题曲。自从家里换了一套新的音响设备，我就没有听过音乐了。我没有心思去了解如何操作新系统。

这样说好像我彼时彼刻就已经意识到自己的境况并开始反思，但这些都是后见之明。那个时候，日子一天接着一天，只有不去质疑才可以忍受。孩子们要睡下的时候，我会给他们读《爱丽丝梦游仙境》。书里爱丽丝告诉毛毛虫，她无法解释自己，因为她不再是她自己。每次读到这里，我的内心都毫无波澜。我没有哽咽着撕掉那一页，声嘶力竭地大喊"没错，我再也不是我自己！"，也没有翻出家中所有红笔，把这句话重重地圈起来。我说了一句"今晚的故事讲完了"，然后合上书。

我碎成太多片了，我的大脑无法处理那些想法，无法进行完整的思考。"完整"——一个不可能用在我身上的词。那杯凉掉的茶不完整，字母拼图不完整，我的骨盆底不完整，我的夜晚不完整。最重要的是，我自己不完整。

我从来不觉得克尔凯郭尔[1]有趣，但他的这句话很有意思："失去自我是最可怕的灾难，它会悄无声息地发生，仿佛什么都不是。没有任何失去会发生得如此安静——失去手臂、腿、五美元或妻子时，一定会被注意到。"我什么也没注意到。每次给孩子换完尿布，我都要去卫生间洗手。洗完手，抬起头，我会看见镜中的自己。我已经太习惯低头看着孩子，当发现这里还有另一张脸时，我深感震惊。我与镜中人对视，然后移开视线，接着擦干通红皲裂的手。我将她抛在身后，仿佛她什么

1　索伦·克尔凯郭尔（Soren Kierkegaard，1813—1855），丹麦哲学家，著有《非此即彼》等，以对黑格尔主义的批判开启哲学的生存论转向。

都不是。

听起来我好像患上了产后抑郁。之后——很久很久之后——我将人生中的这几年写成一篇故事，发表在一个线上育儿小组。小组里的母亲和准母亲都在议论我到底有没有患上产后抑郁。"肯定是心理问题！"有人这么说。另一些人马上回复："但这很正常！"我确信自己没什么大问题。我最好的朋友在同一时期经历了可怕的产后抑郁，我几乎目睹了整个过程。我们的状态并不相同。我非常幸运，仍能维持运转，甚至有时能感受到快乐。

孕期和哺乳期的我完全沦为身体化学反应的人质。荷尔蒙让我觉得自己长久地、持续地被榨取。它指导我把全部的注意力放在孩子身上，指示我牺牲其他一切——独立思考、自由精神等。直到我的第二个孩子终于断奶，我才发现四年前使用的卫生棉条品牌已经破产。就在那时，我才意识到我被囚禁了。好吧，其实并不是我自己主动意识到的，是本尼迪克特·康伯巴奇告诉我的。

　　怀孕的时候，我千方百计地鼓动母亲，想让她聊一聊生产的痛苦，她跟我讲了一个也与镜子有关的故事。她以自己的亲身经历告诉我，生产的痛就像被撕成两半。"他们真应该在产房里放置一面镜子，"她说道，语气坚定，好像要将这句话投进意见箱，"这样你才能知道自己并没有被撕碎。"现在，我很想弄清楚母亲回忆的究竟是生产的痛苦，还是生产结束后所有一切的痛苦。因为之后我才终于明白成为母亲意味着什么。作家莎拉·曼古索 [1] 在《哈泼斯杂志》（*Harpers Magazine*）上

---

[1] 莎拉·曼古索（Sarah Manguso，1974—　），美国作家、诗人，曾获得古根海姆奖学金和霍德奖学金。

发表了一篇谈论写作与母职的文章。她用"粉碎"这个词来形容成为母亲的体验:"自我的瓦解,在那之后原初的形态将不复存在"。

当荷尔蒙、慢性失眠和酒精缺席的夜晚混合而成的迷雾消散时,我终于意识到迎接自己的是什么。我四处张望,搜寻尚能辨认的自我碎片,试图将那些部分重新拼接。但一切早已无法回归原样。原初的形态消失殆尽,取而代之的是一个我亲手造就的、粗粝的全新混合物,布满暴露在外的裂缝与沟壑。就在这时,本尼迪克特·康伯巴奇趁机进入了我的生活。他挤压我的心脏,叩击我的骨骼,用摩斯电码在我的肋骨上敲出一句话:你是谁?

♥

先有鸡还是先有本尼蛋?相关性还是因果关系?对于这

点，夏洛克·福尔摩斯有话要说。本尼能激发我的欲望，是因为他身上具有某些必然的特质，还是他只是恰好在我准备好迎接这种感受的时候出现，在对的地点、对的时间戴上了那顶对的礼帽？我看过这个人一百眼，然后一切就在我看向他的第一百零一眼的时候发生了变化。一些曾被我定性为"青春期畸形边角料"的感受在废弃角落闪闪发光，吸引我的注意。这种感受在我的腹部下方翻涌、搅动，挤压着我，让我渴望更多——怪不得人们称这种感受为"心动"。噢！我想起了这种感受。紧随其后，我的第二个念头是："这感觉真好。"

　　安抚孩子睡下后，我窝进沙发里，打开《神探夏洛克》"维多利亚"特别篇。夏洛克和华生医生要调查一宗幽灵新娘谋杀案。"游戏即将拉开帷幕。""这太简单了，亲爱的华生。"……表面上我在认真看剧，实际上只是痴痴地盯着屏幕。不对，痴痴地盯着屏幕无法完整地形容我那时的心理活动。《泰晤士报》

的专栏作者凯特琳·莫兰看了《神探夏洛克》后，醉醺醺地发了条推特。她说，她可以"像爬树一样"，爬到本尼迪克特·康伯巴奇的身上。"我想和他做爱，做到安保人员把我拉下来。然后，我会躲在门后，对着他自慰。"万幸的是，我既没有喝醉，也没有发推特。《神探夏洛克》特别篇一播完，我立刻就要再看一遍！但那会浪费多少时间啊！

妈妈们的激进想法：产生了一种完全属于自己的感受。一种彻底的颠覆：放任自己跟随这种感受，只因为你想这么做。

我又看了一遍《神探夏洛克》特别篇，然后看了其他所有剧集。更准确地说，我重看了《神探夏洛克》，这次的观感完全不同。本尼看上去也完全不同。他的五官完美地组合在一起。只要看到他的脸，我就会心跳加速。脉搏：加快。瞳孔：放大。每当想起他，我便不由自主地嘴角上扬。写下这段话的时候，我满脸笑容。"脉搏加快""瞳孔放大"其实是《神探夏洛克》

里的台词，出自本尼最性感的一场戏。我会找借口谈论他，读与他有关的文章，留意他的一举一动，就像我过去对心动的人所做的那样——改变回家的路线，假装漫不经心地路过，制造相遇的机会。我再次点击播放。

　　我看了 YouTube 上与他有关的所有采访，并且不止一遍。我在孩子睡着的时候看他的视频。我一只手拿着手机不停地刷他的照片，另一只手拿着玩具汽车在地上绕圈。我在做晚饭的时候，用手机播放他的声音。等孩子熟睡后，我总会拉着内森一起看本尼之前的作品，度过一个又一个夜晚。我们看过一部由本尼饰演小威廉·皮特[1]的冗长的电影，还看完了一整部设定在十九世纪早期的电视剧。那个故事发生在一艘船上，你在某场戏里可以看到本尼的屁股。

1　小威廉·皮特（William Pitt the Younger，1759—1806），英国政治家，第16、18任英国首相。这里提到的电影是《奇异的恩典》。

这部剧在南非拍摄期间，本尼和同剧组的两个演员被劫车绑架。他经常在采访中讲起这个故事，总是以他在那之后发生的转变收尾：他尝试跳伞，以更快的速度骑摩托车，收获了很多新的感受，体会到不同以往的生命力。于是，我怀着和他一样的冒险精神，出门喝了一次酒（对一个刚刚结束母乳喂养的母亲来说，这和跳伞没什么区别）。我独自坐了三个小时的大巴——没错，独自一人——去悉尼的一家酒吧，见一位老朋友。

这位朋友不想要孩子，而周围的朋友们纷纷组建家庭，他只能眼睁睁地看着朋友们一个接一个地渐行渐远。"我以为我也失去你了。"他说。是的，我也差点失去自己。我们举起酒杯，敬我们的未来。喝了太多咖啡和马提尼的我打开了话匣子，语速飞快地和他说了很多关于本尼的事。朋友与我确认："等一下，什么？那个脸长得特别奇怪的男的？"

在去另一家酒吧的路上，我阔步走在夜晚的城市街道上，浑身如通电般兴奋。但不聊本尼的每一分钟，我都倍感煎熬。我把手机举到朋友的鼻子前，给他看本尼的照片，像极了那些逼别人看婴儿照片的新手父母。我的手机存了无数张本尼的照片，手机的人脸识别算法自动将他筛选出来，为他创建了独立的相册。紧挨着那个相册的是我为孩子建的相册。朋友眯着眼睛，细细审视那些照片，仿佛在辨认一个通缉犯。如果说那天晚上早些时候，他还在庆幸自己没有失去成为母亲的我，那么此时此刻，想必他应该意识到了，让他失去我的是一些不相关的事。

　　他摇摇头，恼怒地说道："我还是不理解。"

　　幻想之所以被称为幻想，是因为它无法被置于现实世界之中加以审视。它很有趣，但也会招致精神上的困顿。那天晚上，我因过量的咖啡因和心中翻腾的怒火而辗转反侧。一想到朋友竟然想当然地轻视一件如此重要的事，我就怒火中烧。他懂什么？

"这对我来说很重要。"在特别篇里，夏洛克在谈论一起案件时对华生说道。"不，"华生坚定地回答，"需要解决的是你自己。"我躺在床上，划动屏幕翻看照片，直到本尼占据我的脑海。他的那句话嗒嗒嗒地在我的骨骼之间回响。你——是——谁。

我不知如何回答。

第二章　这是关于痴迷的一章

"我们看到的是同一个人吗？怎么会这样？！"

发现自己迷上本尼迪克特·康伯巴奇时，我的第一反应其实是恐慌。这与我刚成为母亲时的状态刚好相反。那时的我毫不质疑地接受了生活的停滞。然而，当我进入本尼迪克特·康伯巴奇时代的时候，我清醒地认识到，有些事情，一些不太好的事情，正在我的身上发生。就在刚才，我突然想到，也许可以把刚迷上本尼的那几年称为"公元前"[1]。不过我马上否定

---

[1]　本尼迪克特·康伯巴奇名字的首字母与公元前的缩写都是 BC。

23

了这个念头，不行，把他比作上帝之子太不妥当了。尽管我一看到"BC"这个缩写就会想到本尼。当我想到上帝、神、半神、神赐的礼物和圣母玛利亚时，我都会第一时间想到他。后来那些恐慌渐渐消散，我的痴迷也正式开始了。

我们与那些沉迷享乐的实验室老鼠没有太大区别。人们在那些老鼠身上连接控制杆，操纵它们大脑的奖励中枢让它们可以通过"自我刺激"来获得愉悦。一些老鼠"自我刺激"的频率高达每小时两千次，并且持续二十四小时，人们必须及时切断它们身上的仪器，以防它们过度沉迷而饿死。每当我看到本尼的照片，脑中的愉悦受体就会叮咚作响，异常活跃。我渴望看到更多以前没有看过的东西，渴望本尼随时随地出现在眼前。除此之外，我的"爪子"似乎再也派不上用场。我想情色成瘾者可能也是一样，他们深耕互联网，只想满足自己越来越具体、硬核的癖好。我也一样，只不过我深耕的是一部BBC历史剧。

我不想和这个仪器断开连接——不，我不要，我要一直看本尼迪克特·康伯巴奇！不过我也不想沦为"并非传统意义上的好看，却极富魅力的名人"匿名戒断互助会中的一员。我不想坐在某个史蒂夫·布谢米[1]的粉丝旁边，坦白自己是个"瘾君子"。我应该自我监督，控制自己迅速生长的"毒瘾"，就像我们会用一些可悲的小伎俩来控制看手机的频率。可是，我不知道从哪里开始，甚至没办法真正理解这种瘾是什么。我也从未听说过这件事发生在其他人身上。"渴，但只喝那一口井里的水。"巴尔扎克这样形容道。这个早在《城市词典》[2]建立之前就参透了其中奥义的男人。"投注"（cathexis），根据弗洛伊德的说法，指将精神或情感能量集中在特定的人、想法或客体

1　史蒂夫·布谢米（Steve Buscemi，1957—　），美国演员，以擅长出演古怪另类的边缘角色著称。最具代表性的角色是《落水狗》中的粉先生和《冰血暴》中的绑匪。

2　解释英语俚语热词的在线词典。

上，达到病态的程度。

我从某个汤博乐（Tumblr）账号上学到一个很妙的词："花痴博士"。博主如此称呼自己，她写道："我将性欲投注在这个男人（本尼）身上，他的外貌、他扮演的角色、他表演的方式，以及我对他的生活为数不多的了解都是我投注的对象。"我想对这位博士说，我也是！不过我很久之后才读到这些话。一开始，我并不知道还能像这样书写。我那时候还没有遇到和自己一样痴迷于他的人。我以为只有我有这种经历，只有我体验着那种来势汹汹的感受，这件事只发生在我一个人身上。现在回想起来，我笑出了声。这像极了我第一次来月经时的反应，我以为月经前所未见，从古至今所有人类都没有遇到过。母亲站在浴室里向我列举每一个来过月经的女人："你的姐姐！你的表姐！你的阿姨！凯莉·米洛[1]！女王！"她试图从我的宇宙中

---

1 凯莉·米洛（Kylie Minogue，1968— ），澳大利亚女歌手、演员。

心出发，用纯粹的数据的力量打动我。这种心路历程，我又重新经历了一遍。只不过这次的对象变成了本尼迪克特·康伯巴奇。我会再次发现，与我站在同一阵列的女性比我想象中多得多。

但在那之前，我惶恐不安。那种恐慌无声隐秘，但确凿无疑。我知道，如果我将心中所想说出口，一定会糟糕透顶。我的丈夫内森显然察觉到了，因为我们晚上的观影日程表已经变成了本尼迪克特·康伯巴奇的 IMDb 页面，仿佛它才是权威的观看指南。他当然——当他说出"这只是一部电视剧而已"这句话时，我们最严重的婚姻危机出现了——不理解这件事对我的意义。而且那时的我不打算向他或任何人解释，只是需要一点属于自己的时间，专注于某件事。如果我们不能——或者不想——给某样东西命名，贴上说明，然后将其归类，我们就很难知道如何呈现它，更无法了解如何接受它。

最近，隔壁工位的同事告诉我，他觉得我对本尼的爱是一种"反讽"。这位同事坐在我旁边，我的桌子上摆满了本尼的各种周边，包括一张这位同事送给我的卡片。那上面有一句极有可能违反员工行为规范的话："我要成为你的康伯巴奇中的本尼迪克特。"[1] "你觉得这一切是什么？"我一边提问，一边挥动手臂圈住桌面，尽管我明白他为什么会得出这个结论。我在半开玩笑地自我反讽，这种解释与其他可能性相比似乎更温和，也更容易让人接受。坐在这个工位上的成年女性……沉迷于……看……一个男人的脸？她是不是患有严重的精神疾病或情感障碍？她是不是有什么难以遏制的性冲动，需要在她的小格子间里发泄？

---

1 原文为"I'll be the Benedict in your Cumberbatch."本尼的名字既难念又难写，因此出现了很多与此有关的梗。"Benedict Cucumberpatch"是常见的错误写法之一，而"...in the cucumber patch"通常含有性暗示。

不要继续想了，大概率是不大好摆在台面上说的事情。

现在，我试着以更清楚的方式向你阐明我的感受。我想让你理解。我甚至在某本心理学期刊中找到了一份"名人崇拜量表"。这份量表共计二十三条，基于赞同或不赞同的程度，判定测试者罹患"名人崇拜综合征"的概率。举个例子，第二十条：如果有人给我几千美元，让我尽情做自己想做的事，我会考虑用这笔钱买最喜欢的名人用过的私人物件，比如他／她用过的餐纸或纸盘。坚决不赞同，太荒唐了！本尼一定会妥善处理他的垃圾（见第十六条：我经常不由自主地去探悉喜欢的名人的个人习惯）。

填完所有信息后，我发现自己是"强烈－个人型"偶像崇拜者。也就是说，我强烈认同，并且迷恋某位名人。这个结论我早就知道了，你也早就知道了。问题是我该怎么利用这个结论帮助你理解我内心真正的感受。（也许可以参考第二条：我与最喜欢的名人之间存在难以言喻的特殊联结。）你通过这个结论可以确定我不是"边缘-病态型"[1]崇拜者。我不是埃米纳姆的疯狂歌迷斯坦[2]，也没有被写进同名歌曲，更不是为吸引朱迪·福斯特的注意而试图枪杀罗纳德·里根的跟踪狂[3]。我不是在监狱里写下这些文字。在填第一条时——如果我和最喜欢的名人见面，他／她会认出我是他／她的忠实粉丝——我选了"坚决不赞同"。怎么可能！我又没有专门写一本与他有关的书！

于是，我搜索其他学术论文，试图寻找更有意义的解释。

---

1 除了这两种，还有一种是"娱乐-社交型"。

2 歌曲《斯坦》（"Stan"）描绘了一个名为斯坦的年轻人。他是埃米纳姆的粉丝，数次写信给埃米纳姆，但都没有得到回应，陷入疯狂最后自杀。2017 年单词"stan"作为名词和动词被《牛津英语词典》收录。作为名词，"stan"特指明星的疯狂粉丝；作为动词，"stan"特指成为一名明星的狂热粉丝。

3 美国总统里根遇刺案的行凶者曾长期尾随女演员朱迪·福斯特，为了让福斯特留下深刻印象，他用左轮手枪击中里根与随行三人。里根后因抢救及时而得救。

一项研究说，名人崇拜与犯罪有关；另一项研究说，名人崇拜与非适应性白日梦[1]和问题性互联网使用[2]有关（噗，难道还有什么其他"症状"？）；还有一项研究显示，与名人崇拜者最相关的词是"不负责任""从属"和"愚蠢"。我还看到一篇论文，它研究的是英国歌王克里夫·理查德的歌迷俱乐部。文章称，虽然俱乐部成员把他视为神一般的存在，但"大多数成员还是认为克里夫是人"。我不知道这算不算不负责任，是不是从属性，是否愚蠢。这些文章中形容的都和我不太一样。我无法在任何一篇中找到认同感。好吧，我其实受到一项研究的蛊惑，测了食指和无名指的长度。正如该研究提到的，我的手指比例表明我有名人崇拜的倾向。我按照研究的描述做出相应的行为，

---

[1] maladaptive daydreaming，又称强迫幻想，是一种行为成瘾，指个体长期且深入地沉浸在幻想中。

[2] problematic internet use，指个体不受控制地过度使用互联网。

这似乎说明手指有"巫术"。

如果我"神奇"的手指一指，你就能通过一个例子、一个参考对象理解我的感受，那就太好了。我希望你认识我的朋友西蒙。（或许你早就认识他，这种情况下谁是可怕的跟踪者呢？）西蒙喜欢观鸟。现在我可以和你聊他了。你懂的！和西蒙说话的时候，他会专心地听，也会在适当的时候接一句"嗯哼"，但他的目光总是聚焦在你的头顶上方。他甚至会突然拿着双筒望远镜跳起来，即使坐在室内。你会说，没错！西蒙就是这样的！然后我会告诉你，这就是我对本尼的感觉。他总是在我身边，即使在最不可能的情况下，只要我用心留意。又或者，要是你认识我的朋友奈杰尔就好了，那我们就可以一起回忆他多么喜欢莱昂纳德·科恩[1]。科恩的最后一次澳大利亚巡演，每一场的门票他都买了。当我在公园偶遇他时，他正在读

---

1 莱昂纳德·科恩（Leonard Cohen，1934—2016），音乐家、诗人、艺术家。

一本科恩的诗集。我对他说："如果演唱会很糟糕，那怎么办？"他用充满厌恶的声音回答我："耶稣再临会令一个基督徒感到失望吗？"我心里想的是，好吧，也许耶稣也写过像《爵士警察》（"Jazz Police"）这么烂的歌。不过我什么都没有说。我明白奈杰尔对科恩不可动摇的崇拜并非基于理性和逻辑。我对本尼的感受也是如此。

你可能会觉得这些故事还是不能够让你明白我对本尼的痴迷，毕竟观鸟、听歌是有益健康的消遣活动，对活人的觊觎完全不同。虽然我不愿意承认，但事实确实如此。将观鸟和我对本尼的痴迷放在一起只是一种偷懒的办法，一旦鸟被替换成本尼，痴迷就有了别的含义。我曾同西蒙一起去观鸟。我不敢想象自己可以那么早起床，然后我们安静地坐在越南的一个国家公园里，在灌木丛中一动不动，渐渐失去知觉。西蒙越来越焦虑，担心看不到某个特定品种的棕色小鸟。我搞不懂它们和其他棕色小鸟的差别。我用尽全力将注意力集中在鸟上，但顶多只能维持八秒，然后我满脑子都是带来的三明治，但看样子一时半会儿不会拆开了。那时我饿坏了。十年后的今天，回想起那次旅行，首先浮现在脑海中的是那个三明治和它带来的绚丽极致的味蕾体验——嚼劲十足的法棍面包配上乐芝牛的芝士。我已经完全不记得我们有没有看到棕色小鸟了。

我的痴迷和西蒙的痴迷完全不同。对我而言，两者的首要区别在于，鸟很无聊，本尼很有趣。

如果这个类比不成立，还有什么方法能形容我的痴迷呢？我从图书馆借了一本书叫《痴迷：一部历史》（*Obsession: A History*），想要从中找到一些例证，通过它们向你证明这种痴迷由来已久，既不新鲜，也不离经叛道，不应遭人唾弃，并且完全可以解释。痴迷甚至是高雅的！巴尔扎克的那句话[1] 就是

1　　"痴迷于某个事业的人会取得令自己惊讶的成就。"

我在这本书里看到的。我也打算在这本书中加入更多这样的趣闻，给你们留下深刻的印象。比如十九世纪四十年代席卷欧洲的"李斯特狂热"[1]。女崇拜者会把李斯特断掉的琴弦做成手镯，用小玻璃瓶装他喝剩的咖啡渣。一位女士将李斯特抽完的雪茄头装在镶着钻石的盒式项链坠里，并且在链坠刻上他的姓名缩写。花几千美元在易贝（eBay）上买一张被用过的餐纸，这个行为只是十九世纪烟头项链的当代版本。

《痴迷》作为参考资料并没有给我带来什么启发。作者在第二页分享了自己的经历，似乎想要和研究对象套近乎般铆着劲儿嘶吼："我和你一样，我也是！"他坦言，小时候的他沉迷于吞食硬币，主要是一美分和十美分，偶尔是五美分。他解释道："那些亮亮的圆形物体被消化系统的酸液清洁后变得更

1　Lisztomania，指由著名钢琴家弗朗茨·李斯特引发的粉丝狂热现象。诗人海因里希·海涅在一篇专栏中创造了这个词语。

加闪耀，这给我带来视觉上的愉悦感。"他这么做没问题，绝对没问题，完全没问题，但我的痴迷不是那样。

我敢肯定，奈杰尔和西蒙会有同样的感受：请不要把我们和我们完全合理的兴趣爱好牵扯到你和本尼的任何怪事中，它们的性质不同。但这恰恰是痴迷的本质。每个人的痴迷都是独一无二的，每个人都拥有闪闪发光的硬币，它们完美地承载我们内心最深处的想法和欲望。但当我们将内心世界和盘托出，把最珍贵、最私密的部分暴露在阳光下，别人眼里看到的只是马桶里的硬币排泄物。

你是否喜欢本尼、是否理解他的魅力，或许你更喜欢那些硬币排泄物，这都没有任何问题。每个人喜欢的东西都不一样，这仅仅意味着如果你、我和本尼共处一室，你会冲他挥挥手，让他到我身边来。为了避免尴尬，你甚至会说："他是你的了。"

根据过往经验，我知道一个人几乎不可能转变另一个人对某个人的看法。《周六夜现场》曾演过一个相关的美式小品，选手和特别嘉宾本尼需要玩一个名为"为什么本尼迪克特·康伯巴奇很性感"的游戏。听到女选手纷纷开始用"欲火中烧"这样的话来回答这个问题，男主持人沮丧地喊道："我们看到的是同一个人吗？怎么会这样？！"本尼本人也有些困惑。这件事的确很难理解，我们注视着的仿佛不是同一个人，我仿佛透过心形双筒望远镜远远地望着他。对我来说，他只存在于那个连接我和他的地方。我是观察者，他是被观察者。现在，你，一个旁观者走了进来。（我不得不说，有点破坏气氛。）尽管我无法向你解释他，我至少可以试着解释我自己。

我需要找到一个完全理解我在说什么的人，她会说："我懂你！"然后我会说："我可能很疯狂，但我不是一个人！"我需要和瓦妮莎谈谈，她是同人小说作者，持续八年在同人创作平台"我们自己的档案馆"[1]更新作品。它基于事实素材虚构了本尼成名后的经历。我上次看的时候，它已经更新到180.7687万字，224章节，篇幅是《战争与和平》的三倍，而且未完待续。瓦妮莎将她的痴迷作为一生的事业，她一定能理解我那相比之下微不足道的痴迷。

我给她发了封电子邮件，想知道她是如何将痴迷转化为强烈的专注和奉献精神的。她怎样描述自己的精神状态，她做名人崇拜量表会得到怎样的结果，她是否怀疑这种痴迷是强迫症的表现，毕竟她足足写了180万字。翻出你正在读的书，摞满三十本，才能和她的——未完成的——作品相提并论。

瓦妮莎回复了我的邮件，但没有同意接受采访。她反问我："你为什么要用'痴迷'这个词？对我来说，这个词有点

1　Archive of Our Own，简称 AO3。

贬义。"是的，她说得没错，我想。再次读她的回信时，我皱起鼻子。不是一种"痴迷"，那是什么?

第三章　这是关于恐惧的一章

"我能接受自己好，但不能接受自己太好。"

不久前，我参加了一个写作活动。鸡尾酒会上，我与其他冉冉升起的写作新星打成一片。他们中的大部分人都在写意义深远、极有价值的书，比如如何处理凌虐关系或如何克服心理创伤。而我则大口饮着红酒，机械地和每个人重复同样的自我介绍："我的这本书讲的是我怎么爱上本尼迪克特·康伯巴奇的，哈哈哈哈哈。"我试图确保他们听出了戏谑的语气。我总是不由自主地突出这种痴迷的不正确性——实际上，我不得不这么做。我不得不抢先一步承认这件事的"贬义"（就像瓦妮莎所说）。我不得不加上"哈哈哈哈哈"。

在我以这种方式和房间里的人交谈时，我遇到了一位女士，她的书聚焦的是她作为赛马骑师的职业生涯。在我又胡言乱语后，她平静地说道："是啊，我理解，就像女人和马之间的关系。"我看看穿着黑色皮靴、有着一头茂密黑发的她，心想：这个马女在说什么。在马和本尼之间我能想到的唯一关联是，本尼在一次问答中分享对自己的最严重的侮辱："屁一样的名字，马一样的脸"。可能是注意到我的表情，她解释道："我们都在寻找一种失控的方式。"我点点头，又灌下很多酒。我在心里嘀咕：但为什么想失控？还是对一匹马！我一直无法理解她的话，直到很久之后我遇见金德尔。确切地说，在和金德尔认识了一段时间后，我才理解了那些话的真正含义。当时我只是单纯地觉得她似乎不是优秀的骑师。

♥

　　五十五岁的金德尔在美国俄亥俄州的家庭办公室里接受了我的采访。为了和我视频通话，她在家里找了个位置，让背景看上去很"常规"：文件柜、全家福、钉在软木板上的备忘录，墙上还挂着一张巨大的蒲公英照片。通过我们共同的熟人，我和她取得了联系。在我跟那个朋友聊到失控的痴迷时，她说道："你一定要和我的朋友金德尔聊聊。"

　　金德尔告诉我，她以前很喜欢马。"有段时间，我在房间里贴满了马的照片。我画马，有很多马的模型。其实在我很小的时候，有将近一年的时间，四肢着地地活着。"她笑了。她的笑容那么真诚、那么灿烂，不是那种露出酒窝的微笑，而是占据整张脸的大笑。"我会四肢着地上下楼梯，假装自己是一匹马。我会戴上假尾巴，为自己举办小型的跨栏比赛。我像马一样在房间里到处乱跑，越过我为自己准备的障碍物。父母当时肯定担心坏了。"

不过最终金德尔还是站了起来，开始骑上真正的马参加真正的比赛。她爱马，想要成为一名驯马师。然而等她满十八岁，到选大学专业的时候，她告别马，选择了会计专业。"那才是明智的选择。"她说。明智刻在金德尔的基因里。她的记账员母亲不舍得买新毛巾，总是给旧毛巾打上补丁接着用，但她家从不缺钱。"我们一家人从来没有度过假，从来没有。我们去过一个州立公园，离家一个小时的车程。我们一直非常节俭。"金德尔十三岁起就开始帮母亲打点水管生意，对会计这一行并不陌生。而且，她知道做这一行赚得很多。

大学毕业后，金德尔想成为女商人。她穿灰色西装，开灰色本田车，这就是她心中女商人应该有的样子。"我一直都很担心自己只能成为事业有成却中规中矩的会计师。"二十二岁的她与未来的丈夫在公司附近的餐厅相遇。他指着她对朋友说:"我以后要娶那样的女孩。"当时,她穿着笔挺的白色衬衫,搭配格纹百褶长裙和西装外套,还系着一条小领带。她有一头浓密的卷发,蓬松得恰到好处,就像在护发素广告里看到的那样。我打赌,她看上去一定很美。

"穿得符合你想从事的职业",对金德尔来说很管用。四十岁的她已经是上市公司的副总裁。"我有孩子,有丈夫。我的工作时间很长,压力很大。这就是我,一位成功的女高管。工作就是我的生活,也是我唯一的重心。"

她享受工作,尽管压力很大,而且如她所愿赚得很多。"我真的很能挣钱,薪资大概是我丈夫的四倍,况且他的工作也不赖呢。"但有钱并没有让她变得"光鲜亮丽"。她的同事请保洁,开豪车,做美甲,但她从来不做类似的事情。"记得某次开会,我对坐在旁边的女同事说,我喜欢她的鞋。她回答说,刚买的,很划算,才三百五十美元。我心想,我的鞋只花了二十美元,但看上去和你的一模一样。我觉得我更聪明。"

金德尔不怎么花钱，尽可能地存钱。她告诉我，这样做是为了给自己留出足够的选择余地。"我担心自己随时会被解雇，不想从垃圾桶里捡东西吃。很多人觉得我在工作中如鱼得水，只有我自己知道真实情况并不是这样。都被我唬住了吧。"在她心中，她只是看上去像一名成功的会计师，只是扮演着一个令人信服的角色。

大多数周末金德尔都在工作。她没有好朋友，也没有时间发展任何业余爱好，但不会为此感到困扰。她住在美国哥伦布市的这一头，公司在另一头，开车通勤耗时很久，天气不好的话单程就要两个小时，但她一直住在那儿，从未想过搬家。长时间的通勤也有好处，她能在车里听有声书，享受一段"闲暇时光"。她会选择篇幅很长的书，因为书越长，越划算，这样的选择更明智。

金德尔的小女儿离家上大学后，她的生活腾出了很多时间和精神空间。几番思考后，她决定去看心理医生。她通常不会把钱花在这种事情上，但两个女儿都患有注意力缺陷多动障碍（ADHD），她担心自己患有某种强迫症，毕竟她可以让工作彻底侵占生活。

工作并不是问题所在。这是她想要的工作，她的人生故事完全按照自己写的剧本发展。她接受心理咨询，因为令她意想不到的事发生了，而且这件事对她的工作造成干扰。当你的工作就是你的生活时，这类事的发生相当可怕。

"工作时，我越来越频繁地产生这样的想法，噢，天哪，我真的想做纳税申报吗？"她解释道。（我知道理解起来有点绕，但正是不想报税的念头为她敲响了警钟。）她对心理医生详细说明了自己的情况。"我感觉自己身上积压着很多奇怪的能量，你甚至可以把它形容为某种性能量。我到底怎么了？我快要疯了，精神失常了。我满脑子都是写故事、搞艺术……"

她讲到这里，停顿了一下，眼睛亮了起来。"你知道我也会做一点艺术创作吗？"她问道，"我能给你看吗？"我们共享了屏幕，她的屏幕上是一幅数字绘画，所画的对象是本尼饰演的福尔摩斯。他穿着薰衣草色胸罩、半透明内裤和吊带袜。除此之外，他身上的装饰只剩淡紫色眼影和一小段眼线。或许他也想穿得符合自己想从事的职业。他叉开腿坐着，一只手放在屁股下方。在他白皙的大腿下，你可以隐约看到类似羊皮质感的东西。画得太好了！我注意她精准地还原了本尼脖子上雀斑的位置。

你知道哪本有声书很长吗？《福尔摩斯历险记》。之后发生的事情，你应该猜到了吧。

让我们回到金德尔看心理医生的事。她对心理医生说："我迷上了一部电视剧，我爱上夏洛克了。我感觉自己快要失控了。"她坐在咨询室里，这是她第一次看心理医生，她渴望被治好。"我想被诊断出患有某种疾病，想服用某种药，让那种疯了的感觉消失，重新恢复正常。我想回到正常的生活。"

迷恋电视剧中的虚构角色是不理智的，失控则更令人害怕——害怕到让人觉得自己病了，需要看心理医生。这种恐惧不难理解，毕竟自古以来失去控制通常不会带来好结果，尤其是对女性来说。公元前五世纪——是的，没错，公元前——我们已经为女性的失控命名：歇斯底里症。古埃及人认为这种病与子宫有关，更准确地说，与错位的子宫有关。《埃伯斯纸草卷》（*Ebers Papyrus*）记录了治疗傲慢的子宫的方法，即在女性的嘴巴附近涂抹恶臭物质。如果子宫下垂，则将恶臭物质涂抹在阴道附近。古埃及人就是这样操纵子宫，往这边一点，往那边一点，所以才发明出水平仪。怪不得他们的金字塔建得那么好！

几个世纪后，值得庆幸的是，子宫终于可以待在它想待的任何位置了。不过人们依然认为子宫是"有情绪的"，罗马人专门为此造了个奇妙的术语——子宫躁动。直到中世纪，你都可能随时发现自己被诊断为这种疾病。它常见于患有相思病的女性，具体表现为失去控制，做出不得体的举动。医生雅克·费朗在其 1623 年所著的《相思专论》(*Treatise on Lovesickness*)中指出，得了这种病的女人"子宫内的欲望过度燃烧"，她们会"喋喋不休地谈论性事，也爱听别人谈论性事"。治疗方法是道德矫治，尤其是通过只在婚内发生性行为来进行治疗。比治疗更有效的是预防措施，在子宫彻底失控之前加以阻止。因女性拥有奇怪的性能量而羞辱她们，真不知道十七世纪的医生是怎么想的。

大约四百年后，金德尔出现在心理医生面前，带着绝对躁动不安的子宫。体内的水平仪告诉她，某些东西完全失控了。很抱歉，但必须暂停一下，简短地引用丹尼尔·伯格纳[1]的书《女人想要什么？》(*What Do Women Want?*)。他在书中提到科学家正在研发一种用于提高女性性欲的药物，类似于女用伟哥。他引用一位正在进行药物实验的科学家的话说："你想要药效好，但又不能太好。"这就是女性欲望的理想状态，要有，但不能太多。否则，据伯格纳所写，人类可能会因"女性放纵、不忠行为、社会分裂"而终结。

金德尔感觉自己正径直走向《狂野女孩》[2]中的末日场景，一切变得无法承受。她告诉心理医生，那些崭新的感受催生出很多能量，她不知道"该把这些能量置于何处"。一天晚上，

---

1 丹尼尔·伯格纳（Daniel Bergner，1960— ），美国作家。

2 *Girls Gone Wild*，一档成人娱乐节目，嘉宾多为刚满十八岁的在校女大学生。节目组将镜头对准派对上的女大学生，怂恿她们做出"狂野"的动作或行为。该节目收视率一路攀升，成为"电视界的《花花公子》"。与此同时，不断有女性指控该节目在未经同意的情况下进行拍摄，其中有未成年女性。其创始人乔·弗朗西斯在 2015 年以虐待儿童和组织卖淫罪被判 336 天监禁。

50

她从床上爬起来，基于《神探夏洛克》中的人物写了一个色情故事。"之前我从来没有写过任何东西，现在竟然半夜爬起来写了个故事。第二天起床后，我读了一下，发现写得还不错。"

她也开始画画，"年轻的时候画画是一种习惯，但已经几十年没有画过了。"她在推特上与其他粉丝取得了联系，发现所有这些人都在创作同人小说或绘画，其中许多是与她同龄的五十多岁女性。得知这件事并开始创作后，她的能量水平和创作冲动有增无减，现在她"无时无刻不在想这件事"。

不仅如此，她的脑海中还出现了一个明智的人绝不会有的想法。"我开始考虑辞职，想直接离开。"她算了一下，发现自己已经攒够了钱，随时可以退休。"我很不安，对现状很不满意。我真的觉得自己要疯了。有时我会突然产生一种不可思议的性欲，可能和我这阵子的精神状态有关。"她对心理医生说。此前她对自己的性生活很满意，但现在她欲求不满。"我可怜的丈夫！"她说，"你可能会想，天哪，他真幸运，但实际上他很不开心，因为他的状态并不在线。"也许那些做女用伟哥实验的人是对的。

金德尔想忘记紫色内衣，重新穿上商务套装。她觉得自己"正常"的样子就应该是一名会计。这也很好理解，我们心目中最好、最真实的自我永远是自律、懂得如何控制冲动的那个。社会学家海伦·基恩在《成瘾有什么错？》（*What's Wrong with Addiction?*）中指出，我们从关于上瘾和戒除的流行叙事中借用观点，将处于控制之中视为"理想的健康状态"，一旦"偏离这一状态，就会出现需要治疗的疾病或失调"。这就是金德尔所处的境地。她想要得到纠正，但事与愿违。

"心理医生是怎么说的？"我问她。

"她拿着一份清单，询问所有这些新的感觉是否影响了我的正常生活。每一项都谈过后，她告诉我，'你很好'。"

52

"就这样？你很好？"

"她说，'你充满激情。听起来你好像发现了你的热情，找到了你的爱好'。"

"哇，原来如此。"我说。这是我没有想到的故事走向。我本以为心理医生会告诉金德尔，她的痴迷即使不算一种病，也是某种求救信号。

"她告诉你，这很正常，你没有疯？"

"是的，听到她那么说，我非常失望。"金德尔告诉我。

当你排除了所有其他可能性之后，剩下的无论多荒谬，一定是真相。[1]（想象夏洛克·福尔摩斯穿着性感内衣说这句话的样子，要不要这样做完全取决于你。）金德尔意识到，如果她心智健全，那么所有这一切只能说明一件事：她想要变成这样，她想要失控。

1　这是《神探夏洛克》中福尔摩斯首次出场时的第一句台词（以写邮件的形式）。

她走进咨询室时试图寻找答案，却带着更多的疑问离开。想要变成这样到底意味着什么？她一直都想要变成这样吗？她以前是谁，现在又是谁？她应该穿什么？咨询结束后，金德尔幻想了心理医生嘲笑她的画面。"我用那些愚蠢的问题浪费了那个医生的时间。她本可以用那段时间来见那些有自杀倾向或真正有心理疾病的人。我只是有些饥渴，只是喜欢看《神探夏洛克》。"回想起这荒唐事，她扑哧一声笑了起来。此前她不知道，如此小的事能产生如此强烈的感受。

如爱好一样无害的事——爱好而已！——竟会让人觉得有违道德伦理，到底是哪里出了问题？为什么一件客观意义上的好事、一种全新的热情会引发身份危机？当然，这件事也许不值一提，也不会被写入《精神疾病诊断与统计手册》（DSM）。当一个女人感到快乐时，立即去看心理医生，要求他/她将这份快乐拿走，这里面似乎有什么不对的地方。"我这一辈子都在被恐惧推着走。我认为这就是问题所在。"金德尔说。

我叹了一口气。我回复他人的"哈哈哈哈哈"也是如此，我很害怕，害怕别人评判的眼光，害怕让自己显得尴尬，害怕"感觉好极了"这件事。我能处理"好"，但不知道该怎么应对"太好"。我宁愿说自己疯了，或者用自嘲的方式转移问题，也不愿弄清楚为什么会这样。

只有将我的痴迷确定为某种古怪的性欲或荷尔蒙失调造成的精神疾病或某个深层问题的征兆，我体内积压的那些感受才说得通。可以这么说，惩罚与罪行是相称的。这就像 *xoJane*[1] 在线杂志"这件事发生在我身上"栏目中刊登的那些耸人听闻的第一人称文章一样。这个栏目确实有过一篇名为《这件事发生在我身上：我对本尼迪克特·康伯巴奇如此痴迷，我

1　面向女性的美国在线杂志。自推出之日起不到两个月，它就跻身福布斯"十大女性生活方式网站"，2015 年被时代公司收购。

确信我们结婚了》的文章。如果你还不能理解这件事在人们眼中有多糟糕，你可以参考该栏目的另外一篇文章：《这件事发生在我身上：妇科医生在我的阴道里发现了一团猫毛》。这些文章全部以总结经验教训结尾，将磨难转化为有价值的东西——活在现实中，而不是幻想中；不要让你的猫睡在床上。然而，如果我的痴迷并非严重的精神失常，如果它的存在不是为了给我上一堂道德课，如果它只是一个微不足道的爱好，那么我的文章就是《这件事发生在我身上：我找到了喜欢的东西，但迷失了自我》。这是什么烂故事？

挂掉视频电话后，我沉默地坐了很久，意识到自己正在写的这本书可能和想象中的不太一样。我很努力地想让你理解我的感受，但也许连我自己都没有做到。我希望自己对本尼的感觉只是一个玩笑，那样会容易得多，但很遗憾，这一切对我来说意义重大。我不知道有多久没有过这种感觉了，这种充满热情的感觉。我不知道你是怎么想的，但对我来说，时间是如此的漫长，我甚至完全没有注意到自己的生活缺少了什么。这就是一切尽在掌握的生活吗？我是不是只是欲求不满？

海伦·基恩在那本关于成瘾的书中提到，我们必须学会接受一种观念，即模糊的经验同样具有价值。"错位、破碎和不真实的感受既可以是疾病和紊乱的征兆，也可以是改善或改变生活的契机。"掌控感并不等同于自由，失控也并不可怕。或者，失控的确可怕，但这种可怕是有益的。

在希伯来语中，有许多词可以表示"恐惧"，尽管这种说法可能并不完全准确，就像大家以为因纽特人会用很多词来表示"雪"一样。无论如何，据自称"禅宗拉比"的艾伦·卢[1]的解释，"恐惧"在希伯来语中有一种表达，即 norah，更接近我们所说的惊叹或兴奋。他将其定义为："当我们突然发现自

---

[1] 艾伦·卢（Alan Lew, 1943—2009），保守派拉比，因建立世界上第一个犹太冥想中心，以及弥合犹太教和佛教传统的工作而闻名。

己拥有比以往更多的能量，身处比以往更大的空间时，这种恐惧就会控制我们。"微小的事情变得重大。

　　金德尔发来一封邮件，里面是一张照片。在我们通话期间我注意到她的目光总是不由自主地投向屏幕上方，而且为了阐明观点，她会冲着电脑后面墙上的什么东西比画手势。我看不到那是什么，于是问她能不能给我发一张照片，和我分享她的视角。想象一下，你在逛宜家，满眼都是浅木色或白色板材，当你走进一个样板间，发现墙上挂满了黑色相框，大量空间用图案进行装饰，你不禁倒吸一口气。这就是金德尔的书桌给人的感觉。墙上的一部分已经被贝克街221B号[1]中的同款墙纸所覆盖，剩下的地方贴满了《神探夏洛克》的海报、明信片、同

1　从1881年到1904年，福尔摩斯和华生住在英国伦敦贝克街221B号。在现实世界，这个地址本不存在，1990年福尔摩斯博物馆在贝克街239号建立，经伦敦威敏斯特市许可，使用221B号门牌。

人插画和本尼的签名照，还挂着一张贝克街221B号的平面图、一顶猎鹿帽、一条皮革马鞭和一条红色内裤（《神探夏洛克》同人创作中的经典元素）。

"每天我都会掐自己，不敢相信自己竟然在做这么有意思的事。"挂电话前金德尔对我说，"我这辈子大部分时间都过得很没劲。"

原来一旦转换视角，一切就会变得如此不同。

♥

我又给多产的同人作者瓦妮莎发了封邮件。像是接受了一次心理治疗的我重整措辞，抛出了自己的问题："你会将这种痴迷描绘成一种爱好吗？"在她的回信中，我认出了一种熟悉的语气。我和孩子们玩"我是小间谍"[1]时，当他们终于猜到一个极其明显的答案时，我就会用这样的语气。"完全正确！我就是这么想的。"她最初开始创作时，从未想过把它写成一部"巨著"，只是不停地写，因为这件事很有趣，能让她产生满足感。"创作同人小说这件事就像一个老朋友，陪伴着我。我为这部作品感到骄傲。"瓦妮莎说，"想要一直写下去。"

为自己所热爱的事感到骄傲，拥抱自己对这件事的所有感受，这听上去棒极了。但我为何会沦落至此，总在自嘲和害怕？当我告诉别人，我正在写一本关于自己如何爱上本尼的书时，我会以"哈哈哈哈哈"收尾。我寻找答案，探究为什么这种愚蠢和尴尬的事会发生在我这样一个完全正常的人身上。我质问这一切究竟意味着什么。但如果我像瓦妮莎一样，默认这

---

1 "I Spy"，亲子游戏，最初的玩法是找到一个物品，用语言描述物体的颜色、大小、特征等，让对方来猜。

件事并不需要任何解释呢？如果我不再关注发生了什么，而是专注于这件事带给我的感受——恐慌、尴尬、内疚、羞愧——然后问为什么，又会发生什么？没错，到底为什么？为什么这件让我快乐的事，却让我感觉如此糟糕？

第四章　这是关于标签的一章

"我该如何融入？"

我本以为这个故事的起点是我成为母亲这件事，但我错了。真正的起点在我的高中时代，一切从那里开始。当然了，在那之后长达二十年的时间里，本尼迪克特不会出现在我的生活中。作为一名对角色非常投入的好演员，他早已在一旁候场。无论那时发生了什么，如今他占据了我的脑海，在写这些文字时我无时无刻不在想他。

在他职业生涯的早期，当他还顶着生姜头[1]，还在抽烟时，

1　指红头发，多含有贬义。

《星期日泰晤士报》（*The Sunday Times*）的记者为他写了一篇人物侧写。记者注意到一件事：每当本尼起身抖烟灰或小口啜饮金汤力酒时，她都能瞥见他白衬衫领子上缝着的标签，上面是他的名字——本尼迪克特·康伯巴奇。那是他十几岁时在哈罗公学的校服，为了防止洗衣时和其他学生的校服弄混，所以缝上了标签。接受采访时，他已经快三十岁了，但显然年纪（或者名气）还不够大，还没能完全抹去青春的痕迹。

"噢，不，我穿了一件带姓名标签的衬衫吗？"他说，"天哪，竟然被你发现了。我有一段时间没洗衣服了，所以随手拿了件看上去还算干净的。不——现在《星期日泰晤士报》要报道我干的蠢事了。"就像我说的，一切都是从学校开始的。本尼迪克特也是如此。

我是个早熟的孩子，七岁就开始上"高中"——并不是真的读高中，我的意思是，该知道的那时我全知道了。作为家里年纪最小的孩子，有很多不好的地方，比如没有人会费心给婴儿时期的你拍照。打开相册，翻到属于自己的那一页，只会看见"如上所述"四个字。但好处是成长加速，可以从哥哥姐姐领先一步的生活中吸取教训。我有两个姐姐、一个哥哥。他们之中最能给我建议，告诉我什么该做、什么不该做的，永远是那两个姐姐。比如，我的姐姐安珀戴着紫色假发去上学的那件事。

那天是安珀上高中以来的第一个便服日。对所有澳大利亚的学生来说，这一天意义非凡，只有在这一天可以脱下校服，随心所欲地穿上自己喜欢的衣服。安珀相信便服日的意义在于自由地表达自我，她决定好好打扮一番。我是个有趣的人，她心想。还有什么比一顶巨大的紫色小丑假发更有趣呢？没有，除非再搭配一身紫色羊绒运动服。所以那天她把自己打扮成了麦当劳旗下的卡通人物奶昔大哥。

塔姆辛，我另一个姐姐，比安珀大两岁。虽然年纪相差不大，但塔姆辛比安珀聪明多了，她能预感到即将发生什么。那天出发去学校的时候，她抢在前面冲出家门，尽可能和身后那颗人形茄子保持距离。

放学时，一切恢复了正常，安珀把假发摘下来，塞进了书包里。那顶假发，连同有趣这个形容词，回到了它们本该属于的地方，也彻底被她抛在脑后。

那天刚到学校，安珀就意识到自己错了。当然，我也意识到了。便服日的本质并不是自由表达，而是换上另一套"制服"：不断变化、精心制定、可被接受的着装规范。这套规范——正常情况下绝不可能包括那顶紫色假发——能让漂亮的女孩看起来更出众，并且确保那些隐匿于她们光芒之下、待在被分配位置的女孩仍不被看见。我是谁，不是高中时应该问自己的问题。正确问题是，我该如何融入。

许多年后安珀毕业，轮到我上高中，我尽量保持低调，却效果不佳。第一周我安静地坐在教室里，一个年纪大一点、梳着油头、衬衫下摆露在裤子外面的男孩跑过来，大声问我打算什么时候去整鼻子。他还补充说，怎么会有人顶着这么大的鼻子。全班都在窃笑，我脸不红心不跳，因为知道会发生这样的事情。

事情就这样一步步发展下去。我不想给人一种被欺负的印象，但我的鼻子没有长到能戳中他们的程度。不过幸运的是，对于那些大嗓门的人来说，我不重要，他们和我一样清楚我在学校的位置。几年前，一个高中男同学联系我，想为他当时的行为道歉。但我完全不记得和他有任何瓜葛，他可能是把我和其他书呆子搞混了。我只记得有一个很受欢迎的女孩叫凯莉，金色秀发闪闪发光，身材高挑纤细，体育课上她坐在体育馆的长凳上，伸手摸我露在外面的小腿，从脚踝向上摸到膝盖。"刺手。"她皱着脸说。她应该是想知道做一个不酷的女孩是什么感觉。她得到了想要的答案。

我和凯莉一样在青春期里四处摸索前进。我试图框定自己在人群中的范围，找到自己的位置。有的女孩喜欢哥特风，有的女孩打曲棍球，有的女孩喜欢马。塔姆辛在床头写满大卫·鲍伊的歌词，会把自己打扮成《歌厅》[1]里的莎莉·鲍尔斯。安珀喜欢"大门"（The Doors）和"披头士"（The Beatles），有阵子她很喜欢"性手枪"（Sex Pistols），会虔诚地用无政府主义的符号签自己的名字。她在当地唱片店的打折区买了《注意点儿，宝贝》（*Achtung Baby*）[2]和《猛击》（*Kick*），将它们送给我。那是我第一次拥有自己的盒式磁带，我拥抱了这个降临在自己头上的爱好，成了一个乐迷。打开那两盒磁带时，我一

1　*Cabaret*，鲍勃·福斯执导的电影，赢得1973年奥斯卡最佳导演、最佳女主等八项奖。女主莎莉·鲍尔斯由丽莎·明奈利饰演。

2　"U2"的第七张专辑。

定在想，有这些足够了。在那之后的很多年里，我完全沉迷于"U2"和"INXS"[1]，完全没有想过拓展其他爱好。

那时我不愿意，也没有理由走出卧室——凯莉没有邀请我出去玩，而我已经到了为某人某事痴迷的年龄。我费力地收集了"U2"所有的唱片，为了加入他们的粉丝俱乐部寄出自己的钱。我如饥似渴地挖掘他们的背景故事，还误打误撞自学了爱尔兰语——"Dia duit!"，爱尔兰最常见的问候方式之一。每当我开始做某件事，就会全身心投入其中。不过，"INXS"是个例外。所有成员中，我只喜欢迈克尔·哈钦斯[2]。我会将他的照片剪成心形，贴在靠近心脏的位置，偷偷把"他"穿在校服里，直到相纸变得像棉布一样柔软。

1　INXS，澳大利亚男子新浪潮摇滚乐队。发行于 1987 年的《猛击》(*Kick*) 为他们带来巨大的成功，成为他们最受欢迎的一张专辑。

2　迈克尔·哈钦斯 (Michael Hutchence，1960—1997)，INXS 的主唱。

我无法清晰地和你描述我为什么会沉迷于这些事物，也无法判断这些事物是否值得投入那么多的精力。在我喜欢上"U2"很多年后，安珀会在我身边哼唱闪耀大师[1]的歌词"别再逼我，我已经接近边缘"，以此成功地折磨我，提醒我，曾经热爱的事物——一个吉他手取名为"边缘"的乐队[2]——是如此愚蠢。但在十几岁时的卧室里，我真的觉得这个叫"边缘"的男人是唯一值得自己活下去的事物。塔姆辛当时有些担心地指出，像我这样的痴迷是在逃避现实。我记得自己当时觉得她说得很有道理，只不过在我的情况里，我并非以此逃避现实生活，这就是我唯一的生活，所以无须担心。

1　闪耀大师（Grandmaster Flash，1958—），本名约瑟夫·萨德勒（Joseph Saddler），美国嘻哈音乐的先驱，第一位入选摇滚名人堂的嘻哈音乐家。

2　这里指的是"U2"。"边缘"（The Edge）担任乐队主音吉他手，本名为大卫·荷威·伊凡斯（David Howell Evans）。

十六岁时，我扩展范围，开始沉迷于英伦摇滚。只做一个喜欢听音乐的人已经远远不够，我需要进阶为某种特定类型的乐迷。我清晰地意识到一个事实：我没办法成为追星女孩[1]或骨肉皮[2]。这件事的清晰程度与我的鼻子相当。要想成为那样的粉丝，你必须学会抛媚眼：含情脉脉地盯着乐队成员，同时被对方色眯眯地盯着。这就是人们对追星女孩的全部想象。既然我被很多人认定为"刺手"，那么在公众场合里抛媚眼对我来说压力很大。而且没有人想让我把内裤扔给他们，因为一眼看上去就知道我配不上我抛媚眼的对象。这场比赛我注定会

---

1 fangirl，一种常用来贬低年轻女性粉丝和追星行为的话语，在某些语境下等同于中文的"迷妹"。追星女孩的仰慕对象通常是男性流行文化偶像，因表现出"不受控制的、不被社会接受的欲望"而在大众媒体上受到嘲笑，被贴上"发烧""歇斯底里""发疯""痴迷"等标签。

2 groupie，被用来形容那些热爱摇滚乐、并与摇滚乐手发生关系的粉丝，出现于二十世纪六十年代，现已被用于其他领域，通常是贬义，主要用来描述年轻女孩。相当于中文的"果儿"。

输，不如一开始就划去这些选项。我决定创办一本英伦摇滚粉丝杂志[1]（那是二十世纪九十年代，我身在其中）。这样做一定会让我与众不同！它将宣告我并非"流行少女"[2]，而是音乐鉴赏家，甚至可以算作音乐行业的一员。

塔姆辛为我争取到在唱片公司工作的机会，这样我就能更多地了解这个让我有归属感的行业。那时我依然早熟，上班的第一天，我就学会了需要知道的一切。我蹲在地上，整理用于展示的 CD。这时，我抬起头，看见宣传专员（大家都叫她们"PR 女孩"）站在办公桌上正在挂一张巨幅海报。澳大利亚

---

1 fanzine，在某个兴趣领域流通的自出版物，起源于二十世纪三十年代美国科幻小说爱好者制作的同人小刊，在九十年代掀起热潮，并成为表达个人经历与情感的一种艺术创作形式。

2 teenybopper，于二十世纪五十年代出现，最初指听流行音乐或摇滚乐、不听其他音乐的青少年，后演变为统指在音乐、时尚、文化等方面追随潮流的少男少女，并形成一种亚文化。此后，这个称谓越来越指向女孩，贬义与鄙视意味也越来越浓。

的酒吧摇滚乐队"尖叫喷气机"（The Screaming Jets）的新专辑海报，专辑封面是一只幽怨的大猩猩。当她抬手将海报高高举起时，在身前打了个结的法兰绒衬衫跟着向上，她的肚脐露了出来，短皮裙和过膝长靴之间的缝隙也被拉长。我想如果伸手抚过她裸露在外的皮肤，触感一定非常光滑。这让我想到艺术课上学过的《美杜莎之筏》，裸露的肉体向上方延伸，形成金字塔形的构图。我在课上学习了这幅画背后的故事，木筏上最弱势的人会被其他人吃掉，很多人陷入绝望投海自尽。

"看起来怎么样？"她隔着开放式办公区冲我喊道。我抬起头，顺便扫视其他人，发现除了宣传岗的姐姐，办公室里清一色全是男人，他们全都穿着长袖T恤，并在外面套了件短袖。在那里女性能承担的唯一职责就是挂海报，完成这幅《性感猩猩之筏》。"看起来很不错！"我热情地喊道，说完又蹲下去整理CD，把所有东西放在指定位置。一点都不好，那种感觉和高中时一模一样。

回到自己的房间，我继续创作粉丝杂志。我想到一个不需要露肚脐也能成为"行业一员"的办法。我要成为一名音乐记者，像在英国音乐杂志上读到的那些男性作者一样（等我拿到那些杂志，已经是它们出版三个月后了，从英国走海运到澳大利亚的报刊亭，就需要那么长的时间）。而且，我已经算是一名记者了，创办了自己的粉丝杂志。虽然我现在叫它"粉丝杂志"，但当时我会在"社论"部分称它为"出版物"。我觉得自己是最棒的那一类粉丝，我是专业的。

我在学校是隐形人，但有了粉丝杂志，我就拥有一个平台。我用父亲家庭办公室里的传真机将采访请求发给唱片公司，甚至得到了回复，这足以说明传真机号码的权威性。我记得当我出现时，负责宣传工作的姐姐脸上的表情，一个穿着男裤、在长袖 T 恤外套着一件短袖的十六岁女孩要采访冷门英伦摇滚乐队"灰尘"[1]的成员——而且是在酒吧。亲英派歌手比利·布拉格[2]在悉尼巡演时，我甚至作为真正的媒体工作者受邀参加新闻发布会。电影《几近成名》(*Almost Famous*)上映时，我想告诉每个人，这个故事讲的就是我，至少在我心中是这样。我就是电影中的音乐写作神童，一名专业的乐迷，一个忠实的信徒，愿意为音乐付出一切。但那时我已经十九岁了，和电影主人公几乎没有任何相似之处，很难让人相信。

在我高中快毕业的时候，英国音乐杂志《新音乐快递》(*New Musical Express*)的来信页引发了热议。我在编写粉丝杂志时密切关注着这本杂志（虽然晚了三个月）。自称罗

1　Ash，北爱尔兰摇滚乐队，成立于 1992 年。
2　比利·布拉格（Billy Bragg，1957—　），英国歌手、词曲作者。

斯·塔沃斯的人在来信中抱怨"模糊"乐队[1]演唱会上全是十岁到十三岁的女孩和乳臭未干的小鬼。"回家去听你的'接招'[2]吧。"塔沃斯写道,顺便嘲讽工业感十足的男子乐团,当时他们的流行歌霸占了英国的音乐排行榜。"随便你去谁的演唱会,随便你爱干什么,离'模糊'和其他类似的乐队远一点。"他的观点很有意思,假设有这样一张代表音乐严肃性的光谱,一端是"接招",另一端是……"模糊"?那是怎样的一个时代啊!在众多回信中,一个十五岁女孩捍卫自己想听什么乐队就听什么乐队的权利,她写道:"我也讨厌演唱会上的女孩,不过是因为她们又贱又无知,还善变,而不是因为她们年轻。"

---

1 Blur,英国摇滚乐队,成立于1989年,音乐风格跨多个流派,包括另类摇滚、布里特流行、电子和实验音乐。早期因独特的声音和歌词备受瞩目,成为英伦摇滚的代表之一。

2 Take That,英国男子流行乐队,成立于1990年,音乐风格涵盖流行、舞曲和流行摇滚等元素。有些音乐评论家和观众认为他们的音乐更偏向商业流行,而非实验性或艺术性。

读到这封回信时，我意识到，一切结束了。我明白她试图做出的论证，那些话一字一句呈现在纸上，很糟糕，非常糟糕。那些话和我对那本粉丝杂志（充其量只能算作一本粉丝制作的杂志[1]）的说辞一样可疑。正如人们常说的，你不能拥有一块蛋糕同时吃掉它。

这里存在另一种严肃性光谱，评判对象不是乐队，而是粉丝。光谱一端是青少年、骨肉皮和迷妹，另一端则是罗斯·塔沃斯，以及一帮值得信赖的、所谓真正意义上的男粉丝。那个写信的十五岁女孩犯了和我一样的错误。我们的位置在哪里？如果我们想被视为更严肃、更有威信的乐迷，那么我们不可避免地会与罗斯·塔沃斯为伍，即使他显然看不起我们，在他眼

---

1 Fanproduced magazine，范围比 fanzine 更大。两者的区别在于，前者不强调原创性、创作者的个人风格与态度，比如粉丝整理的采访合集；后者往往需要包含创作者的个人表达。

中我们只是"演唱会女孩"。我们别无选择，只能与他一起厌恶"演唱会女孩"。这就是站队的本质。我们在一端，她们在另一端。"我们和她们不一样！"我们在自制出版物上愤怒地呐喊，"我们更像……"更像什么呢？自我厌恶的小鬼头？

当你是女孩，并且真正热爱某件事时，事情永远不只与你、你的热爱有关。所有人都会将其视为"问题"。你甚至不能躲在房间里偷偷地热爱某件事。在他们看来，你要么是喜欢上错的事物（"接招"乐队），要么是喜欢上对的事物（"模糊"乐队）但以错误的方式（在演唱会上尖叫），或出于错误的原因（抛媚眼）。为了避免受到评判，你可以用男人的方式去爱一件事（成为行业一员）。不过可悲的是，你是女孩，所以现在你成了一个虚伪的人（"我也讨厌演唱会上的女孩！"），这比一开始就爱上错误的事物更糟糕，尤其是在那个厌恶虚伪的年代。毕竟当年，"狂躁街道传教者"[1]的吉他手用剃刀在手臂刻下"我绝对真诚"[2]，以向记者证明他对摇滚乐的赤诚之心。对我来说，这是一场注定会输[3]的比赛。我不够漂亮，无法跻身追星女孩之列；我也不够男人，无法成为合格的粉丝。认清自己的位置不过是一场抢椅子游戏，无论我多么疯狂地动用所有运动技能，椅子还是一个接一个地被抢走了。我是一个穿着男士裤子的女孩，我无处可去。

我不再做粉丝杂志。这比承认以下事实容易得多：根据人们（包括我自己）的表面属性给他们贴标签、进行分类，并且认为某类人就应该做出某类行为，这是非常狭隘的做法。我们需要跳出盒子思考。但如果说高中真的教会了我什么，那就是待在自己的盒子里。

1　Manic Street Preachers，摇滚乐团，常被简称为狂躁者（The Manics），成立于1989年。

2　原文为"4 REAL"，即 for real 的缩写。

3　原文为"2 LOSE"。

我承认自己对社会秩序的理解缺乏想象力，也缺乏勇气，但我没有理由调转人生航道。关于我在这个世界中的位置，我接收到很多信号。它们让我愈发笃定，我就应该透过别人的眼光来看自己。我用创办粉丝杂志挣的三美元，买了一本叫作《爱是毒药：作为流行音乐粉丝活着》(*Love Is the Drug: Living as a Pop Fan*) 的书。我将这本书视为圣经，反复翻阅，划出所有精彩段落。共同编写这本书的所有音乐记者都在"作为流行音乐粉丝活着"。十七位记者中只有两位是女性。编者约翰·艾兹尔伍德在序言中承认："我很抱歉，参与本书的女性不够多。"接着他提出下面这些原因："首先，女性比男性更成熟，她们可能更早地获得并抛弃自己的痴迷。其次，音乐报道是一件富有男子气概的事。遗憾的是，女性在这个领域不受欢迎，无法坚持到底。"最后他总结道："请读者自行判断，我并不确定。"

我只能为自己做出判断。高中快结束时我浇灭了成为音乐记者的最后一丝希望，也拒绝继续当粉丝。我面前摆着两种选择，吞噬或被吞噬。我选择纵身跃入大海。

海里很棒！对我来说，这算不上什么牺牲。事实上，我很庆幸自己跳下了船。只有跃入海中才会发现海水的美妙。正如艾兹尔伍德在序言中所说，和所有女孩一样，我找到了自己应该待的位置。我们以成熟之名卸除曾经喜欢的东西，抛弃曾经的痴迷。

我从那时起开始喜欢独立乐队和艺术电影，但没什么特别的偏好。闲暇时间里，我收集嬉皮工艺品，买家居用品，学习法语，以一种克制但乐在其中的方式。我一直试图将自己的感受扭曲折叠成社会所能接受的形状，但每次都以失败告终。放弃它们，选择追逐那些无须任何解释、不会被人指指点点的快乐，反而让我如释重负。那本书说，女性无法"坚持到底"，可是我们为什么要坚持到底？如果我们将青春期的痴迷带到成年期（多么诡异！），我们就无法享受那种一切都井井有条的满足感。

不管别人怎么说，我始终觉得青春期没有说服力。青春期是蝶蛹，是人生中的过渡期。这个阶段结束后，我作为一个成品，以成年人的模样出现。那个会用雅丽水笔在视觉日记上画"U2"主音吉他手的我，那个想倾尽余生写乐评的我，还没有完全成形。她把我带到我应该抵达的地方，完成自己的使命，然后消失了。我还是会把她当成笑话来讲，毕竟拿十几岁女孩开玩笑很容易。她们是幼虫！很快，她们会长大，加入自嘲的队伍。我们嘲笑的对象不是自己，而是当时所处的阶段。英伦摇滚，LOL！她们会翻出曾经的粉丝杂志，读最矫情的部分给我们听，所有人都会哈哈大笑，庆幸自己成功登陆下一个阶段。

♥

回望十几岁时的疯狂，我心怀感激，感谢那段回忆帮我度过人生中最艰难的几年，也感谢那段时光让我对二十世纪九十年代的音乐了如指掌。但我从不怀念，从来没有靠在椅子上自言自语："我现在最想做的事是彻底地沉迷于某件事情，沉迷到能激励我学爱尔兰语的程度。"我也从未触摸胸口的皮肤，感受那块心形相纸的消失。

现在，我可以轻松地为你描绘出一条从迈克尔·哈钦斯到本尼迪克特·康伯巴奇的线，一条毫不奇怪的直线。所有优雅、敏感、有一头漂亮头发的表演者准备就绪！下一站：哈里·斯泰尔斯[1]！但接下来的旅程并没有如此展开。我没有遵循热爱

---

1 哈里·斯泰尔斯（Harry Styles，1994— ），英国男歌手、演员，"单向"乐队（One Direction）的成员。被中国粉丝亲切地称作"哈卷"。

的事物为我所框定的路线；恰好相反，我选择走的路挑选了适合自己的热爱。这就是为什么爱上本尼一点也不自然，着实令人讶异。这种感觉就像往错误的方向倒退了一步。这一部分我以前经历过，这正是问题所在。

我曾在"金宝贝"早教课上（典型的普鲁斯特场景），体会过一次普鲁斯特时刻[1]。我坐在地上，身边围着一圈蹒跚学步的孩子。他们拍打着黏糊糊的小手，旁边坐着他们的母亲。所有人都穿着袜子，挂着忍耐的表情。我将手机小心翼翼地放在大腿上，时不时瞥一眼手机锁屏界面上本尼迷人的颧骨。突然之间，我清晰地想起面前这双手曾划过迈克尔·哈钦斯敞开的衬衫——那是《面孔》(The Face)杂志1991年九月刊的封面，

1　普鲁斯特时刻（Proustian moment），指在气味、触觉或视觉的触发之下，唤醒了记忆中某个消失已久的往日情景。

哈钦斯站着，双手自然下垂，衬衫没有系扣，下摆在肚脐附近打了个结。那段回忆并不愉悦，令我害怕。

　　下课后，我一到家就换掉了锁屏壁纸。如果你已经成为母亲，你手机上的照片应该是你的孩子。

第五章　这是关于负罪感的一章

"是啊，有孩子是很棒，但是，你见过本尼迪克特·康伯巴奇吗？"

根据我的医疗记录，在长达数小时的分娩后，我的儿子最终通过剖宫产来到这个世界，其原因是"进展不顺"。在同一天，我既得到了一个孩子，也获得了成为母亲的隐喻，我是多么幸运啊。两年后，我又因"进展不顺"剖宫产下女儿。这个原因没什么新鲜感，甚至有点无聊。但我不得不承认，医生说的完全正确。第一次生产后，进展一直不顺。这并非新的失败，而是上一次失败的延续。

我内心的某个部分总是觉得第二次怀孕是因为两年后的我依然穿着第一次怀孕时的孕妇裤。这样我就不必为"进展不顺"、产后瑜伽训练还卡在入门篇而心怀愧疚。入门篇适用于孩子满六周、准备好"重回瑜伽垫"的母亲。而当我的儿子在幼儿园开始上他自己的瑜伽课时，我还在上入门篇。笔记本电脑屏幕上，瑜伽老师浑身散发着活力，对我说，我付出时间来完成这个动作，她为我感到骄傲。而我几乎只是躺在地板上，如此简单的动作我也很少完成。

　　我陷入持续性的"进展不顺"。我亲眼看着自己能做到的事不断地向内收缩，与随池塘大小而生长的鲤鱼刚好相反。我想起了我的朋友凯特，我们的孩子年龄相仿。她告诉我，她自告奋勇担任孩子学前游戏班的会计。这极不像我所认识的她。凯特是一名优秀的音乐家，曾在澳大利亚举办过长达数周的个人巡演。自从成为母亲，她就再也无法写歌了。每次她努力尝试写点什么的时候，只能想到 Big Block Singsong[1] 的旋律。每次她拿起吉他，试着演奏时，肩膀就会疼痛难忍。牵孩子、抱孩子造成了肩膀损伤。她觉得在学前游戏班当一名会计，至少能让她在另一个领域展翅高飞，取得一些进展。当我再次和凯特联系时，她告诉我："我现在负责铲猫屎，换猫砂！"对于展翅高飞来说，这个位置或多或少有些尴尬。

当我结束多年的自由职业状态，在一所大学的科学传播团队找到一份工作时，我发现自己陷入了同样的境地。一开始我想，这是我最终有所作为、超越自我局限的机会。但现实是我的"进展不顺"……不断进步。上班第一天，我穿着一套过于混搭的衣服——长袖上衣和紧身裤，紧身裤外面套着宽松的夏季长裙，最外面是一件没有系扣的衬衫——让我看起来很像

1　加拿大儿童动画音乐电视节目。

海伦娜·伯翰·卡特[1]，只不过是她状态欠佳的时候。只有这些衣服适配我的新身材。对于那时的我来说，有东西能包裹住身体就行，穿什么无所谓。我用刀撬开被粘住的粉底液盖子；疯狂抽动睫毛膏，试图让它恢复活力。我对着镜子，欣赏自己的作品——一位职业女性。我把小宝贝达尔茜放在自行车的拖车里，把她送到日托所。我边蹬车边流汗，脸上的妆全掉了。把她安置好后，我冲到日托所的停车场，急忙解开拖车，拼命狂蹬自行车，朝学校的方向奔去。没有什么能让我减速！没有什么能阻碍我！

真正开始工作的时候，我因睡得太少而感到疲惫，甚至产生了幻觉，以为键盘按键漂浮在键盘上方。此刻我是蒂姆·波

1　海伦娜·伯翰·卡特（Helena Bonham Carter，1966—　），英国著名女演员，导演蒂姆·波顿的前妻和他大多数电影的女主角，出演的角色以风格怪异而著称。

顿[1]电影中的海伦娜·伯翰·卡特——依旧是状态欠佳的她。就在这时，日托所发来电子邮件，说病毒性肠胃炎爆发。我把邮件转发给内森，打算晚些时候再和他讨论谁在这种时候休育儿假。同事们都在谈论晚上的颁奖晚会，计划结束后多待一会儿拍照留念，而我却不得不在打字打到一半的时候冲出门，赶去托儿所。因为漂浮的按键，那句话写得很糟，本来就应该删掉，所以没什么大不了。这样的悲剧第二天会重演，第三天也会。我是不断滚石上山的西绪弗斯，是铲猫屎的凯特。

我的主管很贴心，不强迫我参加下班后的活动，我也因此失去了和同事建立联结的机会。边工作边照顾孩子意味着我只能做兼职，只能追求工作所带来的经济价值，同时意味着我不会得到晋升。全职的人才会有晋升的机会，那些比我年轻的

---

1 蒂姆·波顿（Tim Burton，1958— ），美国电影导演，代表作有《剪刀手爱德华》《理发师陶德》等。

同事很快就会超过我。每周三，也就是我工作周结束的时候，同事会对我说："好好享受休息日吧！"他们都是善良体贴的人，懂得职场妈妈的艰辛，会随之纠正自己说："噢不，对你来说，工作日才是真正的休息日。"这不是哪天是休息日的问题，而是根本不存在真正的休息。与解开拖车不同，你永远无法轻易将母亲这一身份从自我认知中解开。

　　你一定听过类似的故事，这些事一点儿也不稀奇，只是对于我来说这一切都是新的。在为人父母的体验量表上，我的经历根本算不上糟糕。实际上，它们处在量表的另一端，已经是能拥有的较好的体验。而且我刚经历了新冠肺炎疫情中的育儿，非常懂有一个办公室可去的好处。我怎么能抱怨呢？比起待在家里边工作边带孩子，有别的地方可去，已经非常奢侈了。不过，如果说我的办公室是神圣的儿童禁区，那就是历史修正主义，因为即使在办公室时，我的生活里也没有任何事情能跟母性撇开干系，哪怕只是部分地撇开干系。我只是在不同场合当妈而已。

我曾在一家古董珠宝店看到一枚古董胸针。胸针上用金色的手写体刻着"妈妈"，笔画之间镶嵌着精致的小珍珠，字下方刻有用来表示强调的长下划线。我想象着那位曾拥有它的妈妈站在梳妆台的镜子前，对镜中的自己微微一笑，将它别在胸前。我不知道她为什么要用这种方式宣称自己的身份。当一个女人生下孩子后，所做的每件事都已经相当于对"母亲"身份的展示，似乎没必要再加额外的装饰了。也许她把胸针当作出租车信号灯。胸针在，母亲在。令人兴奋的是，胸针可以摘下，这时她躺在躺椅上，一手拿着小说，一手举着马提尼酒。如果有人问她，孩子的空手道服在哪里，她会指着自己光秃秃的翻领，微微一笑，摇摇头。妈妈不在。

有孩子之前，我以为做母亲就是这样，可以根据自己的需要来回切换身份，甚至有空读小说。但现实是，刚为人母没几天的我加入了好几个脸书的妈妈群，群里的成员互相称呼对方为"妈妈"，仿佛"妈妈"是我们唯一的身份。（话说回来，这些群非常有用，因为不管怎样我们现在都是妈妈了。）

《洋葱报》（The Onion）一篇文章的标题完美地说明了这一点："妈妈十多年没点过最喜欢的比萨配料了。"越真实，越令人不适。文章开头是这么写的："'没事，真的。'当地一个名叫凯瑟琳·雷诺兹的母亲告诉记者。她已经将近十二年没能吃到自己最喜欢的比萨配料——菠菜。"这是母职的恶作剧：你无法在有孩子的同时做自己。吃比萨的时候，你在作为一个母亲吃比萨。每一天——一天几百次——你以各种微小的方式放弃自己想要的东西和理想的方式，被挤出汁的橙子就是你现在的样子。说实话还不赖，真的。

在亲身经历之前，我见过这些事发生在其他女性身上，当时我认为她们往好了说是运气不好，往坏了说是过于传统。我已经为自己准备了好几条逃生路线，确保自己不会堕入同样的境遇。那些逃生路上挂着硕大的出口标志，上面写着"进化的丈夫""灵活办公"和"性别平等"。我那时的样子沾沾自喜。当孩子出生后，我震惊地发现，一切势不可当、避无可避地发生。我被推到那条名为"理应如此"的路上，计划好的逃生路线一个接一个地消失在我肩头。

　　我在进入大学工作后不久，为写一篇关于育儿趋势的报道，采访了一位心理健康量化分析研究员利安娜·利奇博士。我们谈到自己的育儿方式，如何与伴侣分担照顾孩子的责任，以及如何平衡家庭和工作。她当时正在对为人父母的受访者进行问卷调查，告诉我，在整理结果的过程中她的目光总会落在这个问题上——"你感到时间仓促或紧迫的频率是怎样的？总是如此。经常。有时。从来没有。"她总是默念自己的答案：

总是如此。她说："总是如此。不是着急把工作做完，就是着急把家里的事情做完。这是一种强烈的存在方式。在任何时候，你都没有其他空间。"

利奇博士利用脸书广告招募受访者参与调研。她注意到尽管目标对象男女都有，但 98% 的受访者都是母亲。"当意识到这一点之后，我们发布了第二组广告。"她说。他们只对广告做了一处措辞上的改动，将"父母"改为"父亲"。直到这时男性才参与进来。他们认为第一则针对父母的广告与自己无关，对他们来说"为人父母"实际上只意味着"为人母"。

父亲们看不到自己作为"父母"的存在，而我，一个母亲，无法将自己视为其他。成为母亲、养育子女这两件事一直蔓延至我的边缘，甚至稍微超出界线，就像涂色时超出了边框。正如利奇博士所说，生活里没有留给其他事物的空间。父亲们能够赋予自己其他的身份，是因为通常情况下成为父亲较少会影响到他们的职业身份。另外，他们拥有不受打扰的时间和空间——多亏了母亲们超额承担无偿照料工作。在美国，父亲所拥有的不用陪孩子的休闲时间几乎是母亲的两倍；在英国，男性每天有超过一个小时的空闲时间。2018年的一项研究发现，三分之一的澳大利亚女性完全没有留给自己的时间（以周为单位）。

打出这句话后，我仿佛听到莱亚对我说："塔比瑟，一切只会变得更糟！"这提醒了我，一切并不仅仅关于母职。

♥

莱亚七十岁了，她总是以"当你到了我这个年纪……"开始她的句子。我们是在推特上遇到的，当时我正在推特上谈论母职怎样吞噬一个人，她在下面回复道："也许有一天，我可以从一个'老年公民'的角度写写。"这是她打招呼的方式，自我介绍版"当你到了我这个年纪……"，当然也是"你根本不知道自己在说什么，小姑娘"的礼貌版本。我承认她说的没错，还有很多事情我不明白。我告诉莱亚，她不需要等到"有一天"才书写感受。我拨通她的电话，想听听她的看法。

莱亚住在俄亥俄州，和前面提到的金德尔一样，但她们不认识对方。她们为什么要认识？她们只是刚好都住在那儿。我无法解释为什么身在澳大利亚堪培拉的我会通过互联网与这些陌生人随机建立联结，也无法解释为什么她们都来自俄亥俄州，一个我从未去过的地方，但到目前为止我真的很喜欢住在那里的人。

莱亚有一片 50 英亩[1]的树林，被州立森林所环绕，位于一个小镇和一个更小的小镇之间。我问她树林里住着哪些动物，

1　约合 0.2 平方千米。

她说："就是你们澳大利亚也有的浣熊、松鼠和一些常见的森林小动物。"我告诉她，澳大利亚人看到松鼠会非常兴奋，还给她讲了我们的"丛林之都"袋鼠泛滥成灾的真实故事。她耐心地听着，然后说："我不认识你们澳大利亚的任何动物。"

她与丈夫，还有很多只不断更替的杰克罗素梗犬在那儿住了三十年，她的儿子住在隔壁，他们的生活不容易。如果外面积了 3 英尺[1]厚的雪，或者洪水泛滥，他们就得救自己出去。当你生活在城市里，你是等待安排的被救援者；而在乡村，你既是受害者也是救援者。在她口中，这是"红脖子待的地方"。"生活一点也不复杂。男人们只知道打猎，骑着四轮车在森林里穿行，喝酒，钓鱼，做所有传统意义上男人会做的事，男人味爆棚。而女人——"说到这里她拖长声音，"无论

1　约合 0.9 米。

我邀请她们去什么地方，她们都不会答应。她们总是待在家里做家务。"

莱亚告诉我，她对自己的生活没什么不满意的，尤其是当她将自己与身边的女性进行比较时，"问题是我整天都和女人待在一起"。她在镇上开了一家美甲店，每天的工作是"坐在一个女人对面，握住她的手三十分钟到一个半小时不等"，她们会和她聊所有事情。莱亚的大多数客人年龄在四十到九十岁之间，她们不是在照顾丈夫或年迈的父母，就是在替儿女们照顾孩子，她们的儿女中有很多滥用药物，身陷泥潭。对她们来说能为自己做的唯一的事是做美甲或修脚。她们把其他一切都给了别人。

莱亚日复一日地听这些警示故事，开始试着培养自己的兴趣爱好，为自己留出更多的时间。十七岁时她加入了保罗·麦卡特尼的歌迷会。成员们每周聚一次，交换照片、聊"披头士"。

那是 1965 年至 1967 年，从那以后她就失去了追求兴趣爱好的空间。她一直很喜欢戏剧，不只是表演，而是戏剧世界的全部，从服装到布景。她在猫途鹰[1]上结识了一些人，并组织他们一起去拉斯维加斯看演出。她告诉我，她之前不知道还可以在猫途鹰上交朋友，不过用过之后她觉得非常有必要，因为她现实生活中的很多朋友从未离开过自己生活的地方——不是国家，而是小镇。她喜欢那些旅行和演出，但对她来说远远不够。她对自己的生活没什么不满意的，但并不快乐。

"我试着让事情变得更像自己想要的样子，但沮丧地发现，我做不到，"她说，"事情并没有按照预期或想象的方式发展。我只是消磨时间，下班到家后和丈夫吵架、把球扔给狗。我并不是真的有多老，但到了这个年纪很难重新开始。我很爱我的丈夫，他也很爱我，但这些年来，他变得越来越以自我为中心，

1　旅游网站 Tripadvisor，提供来自全球旅行者的点评和建议。

做任何自己想做的事，而我更像一个妥协者。所以那时我只有一个想法，只能等这一切结束。

"当时我想，我的生活很充实，我做了很多很酷的事。我有自己的房子，有自己的事业，并且热爱这份事业。我挣得虽然不多，但可以时不时地出门旅行。一切都很好，我不该抱怨。

"当你到了我这个年纪，生活就会出现一个洞，你总觉得缺点什么。你不再是一个女人，一个独立的女人，而是一个母亲，一个祖母，一个妻子，一个老太婆。你的关注点必须从自己身上移开，在孩子、丈夫、老板和父母之间打转。那么你是谁呢？这个时候，我会觉得可能本来就该这样。"

我告诉她，我明白她的意思。她立刻说道："塔比瑟，一切只会变得更糟！"

♥

　　我以一个母亲的身份爱上本尼迪克特·康伯巴奇。我没有其他选择。如果脸书上有一个"喜欢康伯巴奇的妈妈们"小组，我一定要加入。成为母亲或者成为象征意义上的母亲这件事本身没有问题。我可能需要再次重申，我爱我的孩子！如果你见过他们，你也会很爱他们。他们是世界上最棒的孩子，也是发生在我身上最美妙的事。我不会拿他们交换任何事物，哪怕是比萨上的菠菜。（我可不想显得忘恩负义。）我永远心怀感激，这个世界能给予一个人的所有运气和好处，我已经全都有了。

　　但也正因如此，以母亲的身份爱上本尼好像是一种错误。除了对完美的生活、健康快乐的家庭心存不满，还能怎么解释这件事？我所拥有的还不够，我想要更多——多么糟糕！而且贪心！与母职有关的一切占据我的全部，如果我想为其他事挤出一点时间或空间，代价只能是牺牲母性。我已经被占满了，装不下其他事物，只能挤掉原有的部分。即便我说不会拿孩子交换任何事物，我还是不可避免地牺牲掉了一部分母性，而且是为了本尼。那怎么能行？

请帮我解开这个谜题：当"成为母亲"这类客观上有意义的事情让我感到不满足时，我为什么转而投身毫无意义的事情，比如追星？（无意冒犯。）明明有那么多选择，我为什么做这样的交换？我确实没有时间，没有空间，无法追求任何有实质意义的事情，但突然之间我就能空出足足八小时听本尼的广播剧？这当然会让人觉得哪里不对，也让我觉得自己是一个糟糕的母亲。每当我渴望更多，就会产生这种感觉。

作家塔菲·布罗德塞尔-阿克纳在一本名为《论四十几岁》[*On Being 40(ish)*]的书中提到，人到中年的基本困惑可以归结为："你拥有的如此多，怎么能如此不满？你拥有的如此少，怎么能如此满足？"她写道，如果找不到答案，没关系。但我一次次地思考这些问题。

我也反复思考"痴迷"和"爱好"这两个词。我尽量避免将"痴迷"的标签贴在我所经历的事情上，但它也不足以成为一项爱好吧？说到爱好，我脑海中立刻浮现一本关于日本花道的书——我母亲在二十世纪八十年代拥有的。我不记得母亲插过花，但如果她做过，她会觉得愧疚吗？花道会让人去看心理医生吗？也许吧，不要排除任何可能性。

"看不见的休闲"是我从布里吉德·舒尔特[1]关于时间压力的书《不堪重负》（*Overwhelmed*）中学到的一个术语，指具有生产性质、被社会所认可的业余活动，比如缝被子友谊赛、罐头派对、编织俱乐部和读书小组。她指出，这是"大多数妇女

---

[1] 布里吉德·舒尔特（Brigid Schulte，1962— ），智库新美国"美好生活实验室"项目主任，《华盛顿邮报》特约撰稿人。

所知道的唯一可被接受，同时需要付出劳动的休闲方式"。"看不见的休闲"通常以任务为导向，以家务为形式，具有"目的性"，旨在满足家庭、朋友和社区的需要。你可能看起来很开心——甚至在休假——但实际上随时待命。《洋葱报》对此也有一个完美的标题："妈妈的海滨之旅——在离海更近的地方做家务"。舒尔特指出，检验休闲的真正标准不是你在做什么，而是做时的感受。所谓海滨之旅，真的有度假的感觉吗？

当纯粹的休闲发生时，应该感觉像是在玩耍，而不是在工作。你不必担心其他人玩得是否开心，不必忍受体力、脑力或情感劳动；你做这件事也并非出于义务，而是知道自己可以从中受益。纯粹的休闲需要有意识地做出选择，不带任何目的，只为自己留出一段时间。舒尔特解释道，对于女性来说，这"不亚于一场勇敢的，甚至具有颠覆性的反抗"。

♥

在俄亥俄州，有一家墙上贴满本尼照片的美甲店。

一切是如何开始的，真的重要吗？（"我对着电视随便换台，想找点可看的东西。"）之后发生了什么，重要吗？（"本尼出现，我惊呼：'天哪，这个人有点怪，他看起来真的很奇怪！'下一秒我就爱上了他。"）发生的原因，重要吗？（"因为他专注的神态，身上的能量，还有使用的词汇。"）莱亚开始明白，原来事情不一定非得是这样。如果缺失了什么，如果生活中有一个洞，你可以去填补它。而对莱亚来说，这个洞的形状恰好和本尼一模一样。

"我说服自己相信'本该如此'那一套。然后本尼出现了，我意识到不一定非得这样。他唤醒我，填满我的想象。听起来很傻，但他彻底改变了我的人生。他让我走上了一条不再为自己感到抱歉的路。一开始只是一些很小的改变，后来我因为他去了伦敦！我从来没有出过国，这对我来说是件大事，是我做过的最棒的事。"

莱亚和我说，她在伦敦巴比肯艺术中心看了本尼扮演的哈姆雷特，而且看了两次（"太震撼了！"），后来甚至在舞台门口遇见他（"他就在那儿！"）。我从未离本尼那么近，所以我问了莱亚很多问题。她告诉我，和本尼面对面站在一起时，她涌起一股冲动，想伸手摸摸他的脸颊。"我对自己说不，想都别想！但他的脸颊就在我眼前，看上去那么柔软。"她为自己用那种眼光看着他而感到愧疚。（这种负罪感完全是另一码事，后面我们会谈到。）紧接着，他们对视，她看着他说出自己的感谢。谢谢他的存在，谢谢他让自己快乐起来。之后，莱亚前往洛杉矶参加《神探夏洛克》粉丝见面会。她遇到了本尼的母亲，女演员万达·文瑟姆（Wanda Ventham），并送给她一把专业的指甲锉。

让我们回到美甲店。莱亚的客人并不知道这个本尼迪克特·康伯巴奇到底是谁。"她们不看 PBS[1]，甚至不知道 BBC 是什么，但都知道我喜欢本尼，会买各种各样的周边给我。"美甲店里的照片墙是从客人送给她的本尼日历开始的。"我正琢磨应该把日历放在哪里，一位客人说'挂到墙上！我也想看看'。"

那些照片现在更像是一种提醒，不仅对她，也对那些客人。"除了做指甲，你应该为自己做更多的事情。你应该沉浸在那些让你精神焕发、让你开怀大笑、让你产生各种感受的事情中。"她叹了口气，继续说道，"人们值得好好放纵一下。我真希望她们能做更多的事情。我对她们说，出去走走！随便做点什么！去感受！任何事情都行！"

1　美国公共电视台，《神探夏洛克》在美国的播出平台。

同事曾看着我摆满本尼照片的办公桌，以为那是某种"反讽"。下面这幅画面的确有些庸俗：几位老年女性坐在一家乡下美甲店里，周围布满世界上最性感男人的画报（这一头衔已被无数投票结果证实）。当我听着莱亚的诉说，心中想的是：任何人都不会误认为这是反讽。这更像是一次激进的、颠覆性的反抗。

我问莱亚，她是否对自己用这种方式花费时间而感到愧疚。"起初，我觉得自己很傻，我都这把年纪了。"她说，"当时我是这么想的，你不应该这么做，爱上一个年轻男人，盯着他的照片，收集他的 DVD，读和他有关的任何东西。你这个年纪不应该把这么多时间花在这么不成熟的事情上。年轻女孩才有资格这么做。后来，我遇到了一群人，她们丝毫不畏惧分享自己的感受。而她们的感受竟然和我一样，这让我很惊讶，直到那时我才觉得自己做的事情并没有什么不妥。突然之间，我发现六十多岁或七十岁出头的女性朋友都有同样的感受。我们都在思考和感受同样的事情。"

现在，她的负罪感已经烟消云散。"世界上有很多男人围着高尔夫球生活，他们可不会感到愧疚。"

♥

人们有时会问我，你觉得本尼迪克特会读到这本书吗？我告诉他们："不会，他很忙。"但当我的孩子特迪和达尔茜问我未来某一天能否读这本书时，我会告诉他们："当然可以！"说这句话的时候，我看起来是在微笑，但其实是惊恐的苦笑，因为这比让本尼读这本书可怕得多。我清楚记得特迪第一次自己打开车门爬进去的情景。我激动坏了，因为以后的每一天我都能节省很多秒——也许是整整一分钟！为了庆祝，我们还去吃了冰激凌。还有一天，他说渴了，于是为自己接了杯水。我松了一口气，甚至想流泪。现在，他可以自己阅读了，我的家庭瑜伽课已经成功上到第二级，我可以出差了，有时我甚至会读小说。很难解释这一切是如何发生的，"进展"和"不顺"的比例是如何悄悄地调转过来。也许和车门、水龙头有关，那些事情起到了关键作用。

未来某一天我的孩子会读到这本书。他们会在读完这一章后（我可以给这一章起个副标题："是啊，有孩子很棒，但是你见过本尼迪克特·康伯巴奇吗？"）把书摔在厨房柜台上，说："我问你，什么样的妈妈会写这样的书？"我会声嘶力竭地喊："妈妈不在！"然后，他们会爬到凳子上，看着我的眼睛说："回答我们，该死的！"我会答："嘘，小点声。"因为我不想让内森听到。这是我试图逃避的另一场对话，关于这本书和"什么样的妻子会写这样的书"。

事实是，我不知道什么样的妈妈会做这样的事。我无法看清她的模样，也不知道她戴着什么样的胸针——"心不在焉的母亲？""忘恩负义的母亲？""心怀怨恨的母亲？""有负罪感的母亲？"做出这些胸针也许要用很多很多金子和很多很多小珍珠。你的母亲呢？她会写这样的书吗？她是否享有纯粹的休闲时光，是否拥有只属于自己的东西，是否有可被浪费的时间？她有属于自己的空间吗？有的话，她会不会因此感觉美妙？

第六章　这是关于隐藏的一章

"我不想让任何人知道这件事。"

不知道你是否在图书馆借的书里发现过小纸条。在我看来，这是一个人能经历的最激动人心的事情之一，即使只是一张用作书签的旧购物清单，你也会以这种方式与另一个人建立联结。那个人曾手捧同一本书，和你读同样的文字。原本的陌生人离变成"像我一样的人"又近了一步。

孩子们还小的时候，我们几乎每天都去图书馆。那里有两本本尼迪克特的传记；两本用本尼照片做封面的小说《梅尔罗斯》（*Patrick Melrose*）和《队列之末》（*Parade's End*）；还有一本《神探夏洛克》的大开本精装画册，里面有幕后花絮和制作故事。当然，图书馆还有很多与本尼无关的书。图书馆每周都会为孩子们举办故事角，伴着《咯咯笑，扭扭腰》里的儿歌讲故事。

有一次，我把正在"咯咯笑，扭扭腰"的孩子们丢在一旁，偷偷走到一边，翻开那本画册。书真的很美，很多照片展现了我最喜欢的本尼的一面：不在演戏但依然打扮成角色的样子，候场时在喝咖啡或做发型。我很爱这些照片，从中可以看到两个本尼的存在——真实的他和他所饰演的角色，魅力倍增。当我从书架上抽出这本书时，它刚好掉下来，翻开在我的手中，我看到一幅跨页的福尔摩斯照片。他正从巴茨医院的屋顶上跳下来，围巾随风飘扬。

那一页夹着一张黄色的纸条。我睁大双眼，纸条上用黑色墨水笔写着一个网址，以及一个邀请："来和我们一起讨论夏洛克吧！（还有很多本尼迪克特的美照。）"我不只咯咯笑，扭扭腰，甚至笑得前仰后合，差点跌倒。

我抬起头，仔细打量周围的人。一个老人正拿着放大镜读中文报纸；一个十几岁女孩跷着二郎腿坐在正在充电的手机旁；很多比我称职的母亲，她们正伴着《可爱的小蜘蛛》做动作——她们中的任何一个都有可能留下这张纸条，都有可能是"像我一样的人"，而且是在堪培拉！我急忙合上书，把它放进要借的那堆书里——几乎全是关于挖掘机的图画书。后来，《咯咯笑，扭扭腰》余下的环节比以往显得更加漫长。

回到家，我把借来的书放在厨房长凳上，让孩子们去玩橡皮泥——"想弄多乱，就弄多乱！"——然后在电脑上输入那串网址，这是找出谁留下纸条的第一步。那是一个老式论坛，我不知道在社交媒体时代还存在这种论坛，而且吸引着来自世界各地的粉丝。正如纸条上所写的，她们在上面分享自己找到的照片，讨论《神探夏洛克》的每一帧每一秒，讨论本尼其他作品的细节，以及他的肉体。论坛上有一个版块可以做自我介绍，作为一部曾在网飞（Netflix）全球收视率排名最高的电视剧，《神探夏洛克》的粉丝遍布性别光谱的每一个点，但在这个论坛上我只看到了女性。很多论坛成员都说，她们之所以来到这里，是因为现实生活中没有人理解她们的痴迷，或者她们不想把这件事告诉其他人。论坛上有很多三十岁以上的女性，甚至还有很多五十岁以上的女性。一位女士说，她最近穿着《神探夏洛克》的T恤参加了一场活动，希望能在聊天中开启话题，但"没有任何人说任何相关的事"。

论坛人员的组成本该多元，但所有人看上去都一样，这让我感到不安。论坛采用的是千禧年互联网风格，在无法辨认的背景上使用刺眼的彩色字体，很难让人停留。有一个帖子，专用来分享和他有关的梦（在这里你可以尽情用"他"这个代词，无须进一步解释），她们在那里尽情展示自己的潜意识。这个论坛似乎是人们已经完全放弃自我管理和自我要求的地方——那种实在无处可去的时候才会去的地方。

我试着想象了一下自己加入其中的样子，宣布自己发现了一张纸条，挥舞着它去领奖品——写纸条的人。但我满脑子想的，都是游乐园那些挂在墙上填充过度的玩偶。这些玩偶与其说是游戏的奖励，不如说是获胜的风险。你真的想带这样的东西回家吗？什么样的人会试图通过藏在图书馆书里的秘密纸条来和人交流呢？

也许论坛上的那些女性觉得自己能隐匿在网络的暗处，但即使在这里，她们也早已暴露无遗。我相信她们比我更清楚亮出自己的内心世界有多么可怕，多么不讨喜。有些事注定要藏起来。我合上笔记本电脑，感觉比以前更孤独了。我在孩子身旁坐下，用蓝色橡皮泥捏出本尼奇怪的头，又用手掌搓出几缕卷发。

♥

当我的朋友们步入四十岁时，她们好像都可以看到特殊的蝙蝠信号灯，受到某种召唤，纷纷开始参加一个叫"无灯无莱卡"（No Lights No Lycra）的活动。在短短几个月的时间里，我从既没听过，也不太理解这串像是随意排列而成的词，到与一个又一个澳大利亚各地朋友在短信中畅聊他们改头换面的经历。是的！是的！我知道！我像这样回复了很多次，最后不得不亲自参加，好让这句话变成事实。

简单来说，这是六十分钟的舞蹈活动，配以风格多样的背景音乐，通常在教堂或社区大厅举行，向所有人开放，参与者只需支付少量费用。特别的是，活动在完全黑暗的环境中进行。没有灯光，也没有着装要求（名称中的"莱卡"指代的是正式舞蹈课程所需的紧身衣类型）。不喝酒，不聊天，不逗留。所有人都会隔开一段距离，防止撞到其他人。你别无选择，只能尽情跳舞，仿佛无人观看。

这就是我的朋友们很爱这个活动的原因。她们告诉我，自己从未感到如此自由，如此无拘无束。一个朋友告诉我，那种感受就像十几岁时在卧室里跳舞。"这简直就是心理治疗和教堂礼拜合二为一。"我最好的朋友说。她接着描述自己如何跳出一个非常有活力的舞蹈动作——伴着"胡椒盐姐妹"[1]的《动起来》（"Push It"）。动作产生了足够的动力，她怀孕后的肚子开始按照自己的节奏旋转，她高兴坏了。我尝试过之后，完全明白了她的意思。你也应该去试试。这个活动由两位舞者艾丽斯·格伦和海迪·巴雷特发起，最初只在墨尔本举办，现在已经传遍全世界。

在堪培拉一个圣公会教堂的大厅里，《别这样离开我》

1　Salt-N-Pepa，最早出现的女子说唱乐队之一，也是有史以来最畅销的说唱乐队之一。在说唱和嘻哈方面的成就为她们赢得了"说唱第一夫人"的荣誉称号。《动起来》是她们第一张专辑中的歌。

（"Don't Leave Me This Way"）在一个音质相当一般的音响系统中响起，我完成了真正的凌空踢腿。歌词唱到"哦哦哦，宝贝！"时，我伴着鼓点凌空踢腿。我从未想过自己可以做这个动作。下一首歌，也是最后一首，是乔治·迈克尔的《自由的九十年代》（"Freedom! '90"）。我伴着音乐在空中挥舞手臂，为了我那有名无实的自由，直到灯光亮起的那一秒。我抓起水瓶，满头大汗满脸通红冲了出去。我一路低着头，避免与教堂停车场里其他四十多岁的女人目光接触，然后开车回了家。

我也开始向周围四十多岁的女性朋友推荐"无灯无莱卡"。她们都觉得这个活动很有意思，但又总会和我再三确认一个重要的点，那就是里面到底有多黑。她们想知道窗帘够不够厚，能不能完全遮蔽路灯的光线，或者安全出口标志发出的微光会不会暴露她们的轮廓。我告诉她们，里面非常黑，如果别人能看到我，你认为我会做凌空踢腿吗？有的事物注定要被隐藏。

有个朋友说她很想去，但要等到冬天，那时才能确保屋子里漆黑一片。

我现在知道什么样的人会在图书馆的书里夹纸条了。她们是会在黑暗中跳舞的人，不想被看见的人，一群像我一样的人。隐藏在黑暗中的好处是没有人会看见你。但同时你们也无法看见彼此。你看不见身边那群优秀的同伴。所有人都躲藏着，像你一样。

♥

"她们竟然叫自己'康伯婊'（Cumberbitches）！"每一个曾报道过本尼的记者都大惊小怪地写道，仿佛这个昵称刚刚才通过他们的独家深度报道被大众所知。谁能怪他们呢？这是一个非常有趣的名字。在 2010 年，推特账号 @Cumberbitches 连同它的个性签名一起永垂不朽："想要康伯的爱，就把你们的胸部抛向空中吧。"

这个名字的确富有争议。就连本尼本人也担心这个名字"让女性主义倒退了很多步"。这个名字的确让他有些为难。只有当某人主动选择把这个词用在自己身上时,这个词所带有的负面含义才会消解。因此即使他的粉丝可以自称"康伯婊",他本人也不能这么称呼她们。记者总是问相关的问题,令他十分尴尬。在过去十年中,粉丝们试图为自己取更具包容性,当然也更无趣的名字,比如"康伯集合"(Cumbercollective)、"康伯人"(Cumberpeople)、"康伯饼干"(Cumbercookies)、"康伯社群"(Cumbercommunity)、"康伯兔子"(Cumberbunnies)、"康伯宝贝"(Cumberbabes)和"本尼瘾君子"(Benaddicts),但没有一个能比得上"康伯婊"。我很喜欢这个称呼,并不觉得它冒犯到我,一直在使用。如果你和我的感受不同,请允许我提前向你道歉,也请允许我向女性主义道歉。但我真的觉得这没什么。

　　如果你爱过本尼，一定知道这些"康伯婊"的存在。即使你不是他的粉丝也该有所耳闻。她们是他的"像患有狂犬病般疯狂的女粉丝"。从我最早开始在谷歌上搜索本尼迪克特·康伯巴奇，还不太确定如何正确拼写他的名字时，我就知道有这样一群人了。在他参加的电视脱口秀节目中，你会听到她们的欢呼声。当他走红地毯时，她们挤着要签名或与他自拍，大声喊"我们爱你，本"（本！），制造噪声，像真的得了狂犬病一样。

　　你可能会认为当我发现"康伯婊"的存在时，我松了一口气，甚至会为能与志同道合的人产生联结而激动不已。但事实并非如此，"康伯婊"并没有让我在对本尼的狂热迷恋中感觉不那么怪异孤独。实际上，她们让我感觉更糟。她们的存在是一个警示，只会诱发更多焦虑。那时我的自我认同处于撕裂的状态，我不知道自己是谁，也无法理解自己身上正在发生的事情，但有一件事我很确定：我不是她们。

还记得那个在《新音乐快递》抨击"模糊"乐队演唱会现场的女歌迷的家伙吗？快进几十年，本尼迪克特出现在《泰晤士报》上，为《星际迷航：暗黑无界》的首映做宣传。在人物侧写中，我们见到一位《星际迷航》的骨灰级粉丝，她在红毯上等待着，被一群"康伯婊"所包围。"'这些人不是为《星际迷航》而来的，'她说，用憎恨的目光扫视那些欢呼的粉丝，'她们连《星际迷航》是什么都不知道。她们只是为他而来。'她向康伯巴奇做出大拇指朝下的手势。"

我不想被人群中的一位"迷航者"[1]所鄙视，也不想成为大拇指朝下手势的目标。二十五年前我不想成为"演唱会上的

1　Trekkie 或 Trekker，指《星际迷航》的女粉丝。《星际迷航》风靡之时，相当多的女粉丝组织了粉丝间的活动。这一行为被男粉丝所排斥，她们被扣上有贬义色彩的名称"迷航者"。面对这种污名化，她们自称"迷航者"来呼吁女性主体，强调她们的积极参与。

女孩"；现在作为一位成熟女性，我也不想成为一位"康伯婊"。谁想呢？"康伯婊"是我内心恐惧的公众形象（public face）。她们的存在将我内心的恐惧公布于众。她们是活生生的例证，爱上名人是一件多么尴尬、多么不成熟的事。看看她们的样子吧！至少我有足够的自我厌恶——哦，抱歉，我的意思是自尊——来隐藏自己的感情，并维持自己是一个正常人的幻觉。这样做会让我觉得自己与她们不同。

♥

当一群女人或女孩爱上某件事物时，她们的人数越多，她们的情感就显得越愚蠢，越令人尴尬。你可以想象一张图表，一位女性爱上本尼，如果这件事具有讽刺意味，那么需要多少女性加入，她们的行为会开始变得愚蠢？三个？四个？从哪一刻开始，你会从一个人变成一个"康伯婊"？

我不知道该举些什么样的例子来说明这一点。哪个以女性为主的群体最容易受到鄙夷？李斯特狂热者、"披头士"狂热者、喜欢《暮光之城》系列的妈妈们、Pinterest 妈妈[1]、贾斯汀·比伯的死忠粉[2]、"单向"乐队的超级粉丝[3]、电视剧《古战场传奇》的粉丝[4]、"防弹少年团"的粉丝团阿米[5]、浪漫小

---

1 Pinterest Moms，指几乎每件东西都自己动手制作的妈妈，同时她们积极参与孩子的各项活动。很多人认为，这些妈妈强化了"什么是好妈妈"的刻板印象，并对其他无法做到这些事的妈妈造成压力。这个短语逐渐含有讽刺意味。

2 Belieber，单词 believe 与名字 Bieber 的结合，即相信比伯。用来指无论如何都会支持比伯的粉丝，大多是十几岁的年轻女孩。非粉丝使用时通常具有贬义。

3 Directioner，《城市词典》的定义为"世界上最疯狂、最可怕、最戏剧化，却最执着的粉丝。他们会不惜一切代价确保乐队在每次发行新专辑或新歌时都能登上排行榜第一名"。

4 Outlander-ers。《古战场传奇》(Outlander) 是一部历史穿越剧，于 2014 年首播。粉丝多为中年女性，在互联网组成较为封闭的小组，分享与之有关的一切。因为剧中两位主演的互动极具感染力，真人同人作品在这一群体中颇受欢迎，也因此引发争议。

5 ARMY，"Adorable Representative M.C. for Youth"的缩写。该团体成立早期，阿米的翻译成为他们火爆全球的原因之一。在 2022 年阿米官网的调查中，女性占 97%。关于这一点，官网写道："女粉丝是背后的推动力……这一点没有得到足够的承认……她们应该得到尊重，并因引领潮流而受到赞扬。"

说作家[1]、《五十度灰》的读者、《美食、祈祷，恋爱》[2]的爱好者、真人秀爱好者、爱穿粉色的学龄前儿童，以及"康伯婊"。尽管这些群体拥有巨大的市场潜力，但任何与她们沾边的事物都会被贬低。

男子组合的年轻女性粉丝是重灾区。她们"思想不纯，品行不端"，乐评人安雯·克劳福德写道，人们默认"她们不懂得如何聆听音乐"。"她们渴望，她们寻求。无数女孩注视着男团偶像漂亮的脸蛋，让偶像和整个世界都陷入一种尴尬的境地。"她还注解道："你可能注意到了，我不假思索地用'漂亮'这个形容词，这是因为男音乐家被女粉丝'女性化'了。除非生来就是女性，谁会想变得女性化？""模糊"乐队很懂这一点！

1　浪漫小说是唯一没有女性以男性名字写作的领域。出版社甚至会鼓励男性作家以女性笔名发表作品。
2　美国作家伊丽莎白·吉尔伯特出版的回忆录，在《纽约时报》畅销书排行榜上停留了187周。

在那篇关于"演唱会上的女孩"的评论发表后不久，他们一改以往阴柔的流行音乐风格，转而追求"成熟高级"的音乐和形象。贝斯手亚历克斯·詹姆斯后来将他们与青少年女性粉丝群体保持距离的决定描述为"一次壮举"。

当很多女性爱上某件事物时，我们只需要知道这些就够了。就连她们自己似乎也不必深入探索。你几乎可以立即从下面的清单中提取信息，勾勒出她们的群像：女粉丝的尖叫声淹没舞台上的乐队；指甲修剪整齐的家庭主妇沉浸地阅读 Kindle 上的浪漫小说；本尼迪克特为《纽约》杂志拍摄的一组题为"本尼迪克特与'康伯婊'"的照片。在其中一张照片里，他疲惫地瘫坐在一辆豪华轿车里，女粉丝挤在车窗上，黑压压一片。另一张照片里，他正逃离同一批女粉丝的"追捕"，她们朝他伸出手臂，像极了一群僵尸。你觉得看到那些照片的我会骄傲地想"啊，是的，她们和我是同一类人"吗？

从青春期开始，我就知道要和这种女孩或女人保持距离，否则她们会像旋涡一样把你吸进去。她们会伸直手臂紧紧攥住你，让你成为她们中的一员。你会像"披头士"狂热者一样被困在时间里、被定格在黑白照片中，你时刻张着扭曲变形的嘴巴，你的手永远抓着自己的脸颊。

这一切的开始其实非常单纯，你可能只是想拥有一种美好的感受，但正因如此，你需要时时刻刻保持警惕。如果某件事让你感觉很好——更糟的是，让你感觉好过了头——其他女孩也会想要加入，然后你们就会不可避免地一起奔向糟糕的结局。"2 万张大张的嘴、成百上千双迷离的眼睛、4 万只高高举着的手。"这是《GQ》杂志对"单向"乐队演唱会现场的描绘。那是一摊"深粉色的浮油，随着偶像每一次顽皮的顶胯而嚎叫、呻吟、起伏"。怎么会有人自愿成为无意识的凝固污渍，如果可以"不与那些女孩为伍"？这就是我一直以来的选择。

布勒内·布朗[1]可能会认为，我一看到"康伯婊"就浑身不适的原因并不是尴尬，而是羞耻。她们将自己暴露于易受攻击的环境中，任人嘲笑。她们让自己被看到，也让我感觉良好。我假装自己比她们更冷静，但实际上我只不过是在害怕。我害怕被看见。布朗说，我们中的很多人"必须好好想想什么才叫真正的酷"。

我只知道布朗对此会说什么，因为我最好的朋友读了她所有的书，并愿意和我分享。而我甚至羞于购买那些自助类图书。我觉得自己和其他中年女性不一样。

1　布勒内·布朗（Brené Brown，1965—　），美国休斯顿大学社会学教授、作家。2010 年的演讲《脆弱的力量》是观看次数最多的五场 TED 演讲之一。2012 年在 TED 以《倾听羞耻》为题再次发表演讲。

♥

　　我再次打开笔记本电脑，回到那个论坛。这个举动连我自己都吃了一惊。我希望自己承认论坛上的粉丝是一面镜子，映照出自己的不安。但现实并非如此。你真的认为这是那种轻易克服自我的故事吗？哈，不！只是我必须问一问纸条的事。我无法不去想它。我意外获得一张"金奖券"，却无法向任何人炫耀，因为生活中根本没有人知道我借书是为了看本尼的照片。除了那个论坛，我无处可去。我开始打字："我偶然间拿到这张纸条……"她们真情实感地为我感到高兴，和我一样开心。

　　我为什么准备与留下纸条的人见面，在现实世界中与现实的"康伯娷"交流？只要我眯起眼睛看待这件事，它几乎等同于两个正常人的初会，而非粉丝聚会。而且只有她一个人，我估计旋涡的力量不足以把我卷入其中。决定见面还有一个原因是她在这里。堪培拉是一座只有几十万人口的城市，如果在谷歌输入"堪培拉是……"，谷歌会自动填充——"堪培拉是一座城市吗？"（略不礼貌）和"堪培拉无聊吗？"（不，是一潭死水）。当堪培拉真的发生了什么，即使非常偶然，那么，该死的，去凑凑热闹吧。当年一只猛鹰鸮——基本上就是一只大猫头鹰——在某个公园短期居住时，堪培拉一半的人都跑到那里，探着身子，抻长脖子，盯着那棵树。这件事当然是新闻热点。有人从图书馆借那本《神探夏洛克》画册足够令堪培拉惊讶了。这片土地上有两个人同时喜欢本尼迪克特，如此罕见的事至少能上头条。就像跑去看猫头鹰的人一样，我也必须见见这位粉丝。终于有些事情发生了。

此外，我不会将这件事告诉任何人。没有人会知道。

♥

工作午休时间，我骑车去一家花园咖啡馆见杰德。那天是周五，几乎每张桌子都坐满年纪稍长的女人们，她们的笑容似乎夹杂着阴谋和愤怒——她们把头凑得很近，然后又迅速散开，我总会联想到妈妈读书俱乐部。

我知道杰德的样子，在我们的秘密中——从纸条到论坛，再到邮件，最后到这里——我们交换了照片。我相信她一定非常仔细地看了我的照片，就像我看她的一样。她的照片是一张她和家人最近去东南亚旅行时拍的全家福。照片上的她身材娇小，看起来很温柔，脸上带着紧张的笑容，或许她不喜欢被拍照，或许她只是累了，花了两周的时间在东南亚哄孩子。两个原因或许都有。在咖啡馆，我们有些局促地打了个招呼，还开玩笑说我们像在相亲。

见面之后，我发现我们有很多相似之处。她四十岁左右，已婚，有两个孩子；大学毕业后在海外生活了几年，后来定居堪培拉，然后产生了很多困惑，自从辞掉工作成为全职妈妈，她就被困住了。但这些相似之处不是我们一见如故的原因。

正午刺眼的阳光下，我们傻笑着，像在女生之夜喝得醉醺醺的老朋友一样。杰德是第一个让我用自己想要的方式谈论本尼的人——滔滔不绝地、详尽细致地、情绪饱满地。你可能会觉得我在这本书里已经写了很多与本尼有关的事，但其实连一半都不到。（这提醒了我——你有没有注意到这本书的最后有一个附录，是完全关于本尼的？也许我应该早点提到。）

杰德告诉我，她留下那张纸条是为了吸引更多的人来到论坛。在《神探夏洛克》下一季更新前的空档，夏洛克粉丝圈因漫长的等待而陷入沉寂。她完全没有料到那张纸条会促成一次现实世界中的相遇。杰德忙于家庭生活，陷入社会孤立之中，因无法重回职场而感到沮丧。她在网上表达自我，论坛对她来说如同家一般的存在。在本尼粉丝圈里，她分享自己创作的故事和绘画，以及搜集到的与本尼有关的新项目、新作品。杰德非常擅长搜集信息，这项技能是粉圈的硬通货。我的朋友和家人经常把他们在网上看到的有关本尼的消息发给我。可笑的是，他们以为我还没看过。我向你保证，这本书出版后一定有人跑来告诉我，好像我连这个都不知道似的。但杰德不一样，她分享我从未看过的资讯。我不禁感叹竟然还能从这种地方获取信息，我甚至不知道这些地方的存在，也没想到竟然还能从这些联系中挖出新东西。

　　一意孤行通常被认为是一件坏事、一种缺点，但狭窄的出口可以产生巨大的力量，所有能量都会向一个点汇聚。也许这是件坏事，但在我和杰德交谈过程中，我觉得这绝对是件好事。如果你站在咖啡桌旁，俯身听我们的对话，可能会觉得内容浅薄单一，只围绕某位演员展开。但和她聊天的时候，我感觉自己比以往任何时候都更完整、更全面。（很抱歉，孩子们，但这是实话！）那种感觉就像我身体内部的每一立方厘米都被充分调动。一个人内心的感受与外在的表现如此不同，就像一个人形塔迪斯[1]，真是绝妙的把戏。几年后，另一位本尼粉丝告诉我，她走在街上时，会看着其他人微微一笑，暗自想：要是你知道就好了。我完全理解：如果你能看到我内心发生的一切就好了。我比你想象的要丰富得多。那次之后，我又和杰德见过几面，在咖啡馆，有时是她的家，如果她的家人外出的话。她并不奇怪，而且在她的陪伴下我感觉自己也不那么奇怪了，我们都是会"耍花招"的女人。

你一定知道当爱上一个人的时候，你想做的就是不止不休地聊关于他的一切，但没有人愿意参与，因为对于其他人来说这真的很无聊。想象一下，如果有人愿意加入，然后这个人带来成千上万个这样的人，会是怎样一幅画面。在杰德的带领

---

1 Tardis，《神秘博士》中的时间机器，可以穿行于宇宙的所有时间和空间中，外形如英国警亭，里面比外面大。

下，我接触到本尼粉丝圈更广泛的疆域。之前我带着一种轻蔑，将论坛用户想象成夸张的漫画形象，认识她之后，她们变成了一张张人脸。这让我意识到自己与她们是多么的相似，之前的我多么无知。通过她发给我的汤博乐、推特、红迪网和同人创作网站的链接，我开始发现更多的人和我有同样的经历，这个世界有这么多和我一样的人。

这些人中有很大一部分是女性，而且她们的年龄比想象中更大，远远超过社会所认知的会爱上名人的年龄，就像莱亚曾说过的，我们都在思考和感受同样的事情。我一次又一次地读到她们在发现自己被"康伯巴奇化"时的震惊与困惑。"我从十几岁起就没有这种感觉了！"她们说，从她们的个人历史和记忆中挖掘出献给罗伯特·史密斯[1]的口红之吻，对大卫·杜

1　罗伯特·史密斯（Robert Smith，1959—　），英国"治疗"乐队（The Cure）主唱。

楚尼[1]的迷恋，为"比吉斯"[2]发出的尖叫声。我们一起来到一个从未想过要到达的地方，被一种连自己都无法理解的神秘力量所牵引。我喜欢这里，喜欢她们。我们竟然如此相似，但绝不仅限于对本尼令人难以理解的爱。这甚至不是——我不敢相信自己会这么说——发生在我们身上最有趣的事。更重要的是，我们看起来如此快乐。

❤

一天晚上，我在杰德家做客，我们在大电视上看本尼的剧时，她的丈夫从露营地打来电话，他正带着孩子们在露营。我们按下暂停键，她快速和丈夫聊了几句。墙上的电视投下微

1　大卫·杜楚尼（David William Duchovny，1960—　），美国男演员，代表作品有《X档案》《加州靡情》《模范家庭》。

2　Bee Gees，澳大利亚流行音乐组合。2015 年被授予格莱美终身成就奖。

光，本尼静止不动的脸隐隐出现在我们之间，我不禁注意到杰德在通电话时说话略有些含糊。她没有提到身边还有其他人。

她挂断电话后，我问她，她的丈夫和孩子是否知道我在他们家，坐在他们的沙发上吃比萨。"不知道，"杰德回答道，"我没有告诉他们。"她从没告诉过他们，也不会告诉任何人与我见面的事。在她的现实生活中，没有人知道我的存在。"我不想让任何人知道这些，"她指着我的方向说，"他们只会说，不成熟的愚蠢追星女孩才会干出这些事。"她按下播放键，电视上本尼的脸那么大，我却无法再将注意力集中在他的身上，仿佛灯突然打开，我从黑暗中现身，眨眨眼睛，看到我们的原貌：两个中年妇女，两位母亲——坐在擦拭得锃亮的皮沙发上，直勾勾地盯着那个什么都不知道的可怜男人。这一切看上去不太妙，剧结束后我匆匆离开。

开车回家的路上，我一直在思考自己为什么会感到如此受伤，杰德只是做了我也在做的事。我也没有和任何人提起她，也总在内森和孩子们外出时与她见面。但保守秘密和成为秘密是截然不同的。保守秘密是必要的自我保护，成为秘密则更像是耻辱的一部分。我和她、和女网友之间的隐秘联结，以及我们达成的共识——我们比人们想象中更真实——曾令人兴奋不已。在黑暗中，我们还活着。但此时此刻，我带着些许羞愧，清晰地认识到，把内心世界藏起来并不是什么高明的把戏。这是一个陷阱，把你分割成真实的自己和伪装的自己。只有本尼这样做的时候才会魅力四射。

在其他人眼里，这只是愚蠢的追星女孩的特质。还能是什么呢？找到那么多拥有相似经历的女性，分享那么多相似的感受，并没有让情况好转，反而更糟、更蠢、更尴尬。数量所带来的安全感更容易产生自我被认可的感觉，会让人觉得自己正在变得正常——甚至快乐。但在现实世界，所有这些女性正是问题的根源。这就是那张图表所展现的真相！杰德知道自己在做什么：女性没有说出口的、未被看见的，恰恰是女性情感中最有价值的部分。藏在图书馆书本的纸页之间、躲在网络论坛里、在心中默念"要是你知道……"、参加女生之夜、在黑暗中舞蹈——那些情感活下去的地方与情景。它们一旦接触到现实世界的光线，就会变成"康伯婊"发出的尖叫声。

那天晚上，当内森和孩子拜访完亲戚回到家时，我问他们这次短途旅行怎么样，却只字不提自己去了哪里。我开始偷偷地在网上给能联系到的人发消息。我们都很开心，不会有人想要看到现实世界的光线照进来的那一幕。

第 二 部 分　本 尼 迪 克 特 之 癮

第七章　　这是关于洞的一章

"我之前为什么从来都不知道这件事的存在？"

　　五十七岁的索菲在当地购物中心的零售部上班。轮班结束回到家后，她爬上老式昆士兰建筑的楼梯，走进由丈夫和儿子帮她打造的一个隔音小房间，关上门，坐在舒适的办公椅上，面对录制播客的麦克风，打开录音软件。在炎热潮湿的昆士兰小镇，她操着一口地道的北方口音，录下了这样的句子：

　　你扶着门，让他走进来。你刚要锁上门，伸手去碰灯的开关，却被他制止了。他将你的手压在墙上，他的手指缠住你的手指。他离你很近，他身体的温度透过衣服慢慢传遍你的全身。你撑着门，手里的钥匙碰到木质的门发出清脆的响声。"我——"你不确定自己到底想说什么，所以停了下来。你的头微微低垂，你的膝盖有些发软，弯曲着支撑你的身体，当他的左手在你的胸前游移，停在你的心脏"怦怦、怦怦、怦怦"跳动的地方。

　　这个段落源自同人作品。故事中的"你"是由本尼迪克特饰演的夏洛克·福尔摩斯，而"他"是约翰·华生。这就是约翰·华生上尉，来自诺森伯兰第五燧发枪团的士兵兼医生。在故事里，他穿着一身军装。（我想你可能想要知道这个细节。）这个场景出现在第二章。你在第四章会听到约翰·华生上尉的贝雷帽掉在地上的声音。作品总共有十五章。

　　创作这部作品的人并不是索菲，而是一个叫作埃利普西卡尔（Ellipsical）的同人作者。索菲只是朗读并录音，这样人们就可以像听有声书一样听这个故事了。已经有 18000 人在网上读过这部作品，而索菲录制的音频版本进一步扩展了读者群——戴着耳机的人、遛狗的人、洗碗的人……做任何事的人。

在她录制的时候，她的丈夫（他们已经结婚二十五年）和儿子就在隔壁房间，如果他们外出回到家的话，也许正在看电视。他们很清楚她在那边做什么，索菲对此一直很坦诚，甚至对她的同事们也是如此。在一项针对同人作品读者与作者的调查中，只有四分之一的受访者表示，他们愿意向"现实生活"中的人承认自己会阅读露骨的同人作品。索菲就属于这一小部分，她不喜欢隐瞒，也不喜欢秘密，对羞耻一点也不感兴趣。她的母亲在十六岁时因隔壁四十岁的邻居而"有辱家门"，因此她由外祖母抚养长大。她所感受到的羞耻已经多到足以延续一生了。真是要谢谢这位邻居。索菲是我在网上遇到的最快乐的女性之一。在过去的五年里，她录制了两百五十多集有声同人作品，其中超过一半的集数都有露骨的性爱场面。（在谷歌上搜索用户名"Podfixx"，你就能找到她。）在巅峰时期，她每周花三十个小时在工作上，再花三十个小时待在麦克风前。她说，做这件事的时候真的非常开心。她喜欢那些故事，也很喜欢看听众的回复。他们写道，收听时仿佛置身其中，自己就坐在他们床尾。"我有一些非常非常可爱的听众，我和她们成了朋友，"她说，"而且我认为现在已经不会有人轻视或嘲笑线上交友这件事了。在网上，很多人和你拥有相同的兴趣爱好，你们能成为很好的朋友。"

现实生活中她的家人为她提供了有力的技术支持，但他们的参与仅限于此。她不知道他们是否听过她的录音，或者读过任何同人作品。她告诉我，他们知道在哪里可以找到这些东西，但她敢肯定他们即便真的深入研究过，依然永远不会说出来。

"尴尬的不是我，是我的丈夫！"她说，"只要你提到任何与性有关的事，他都会非常尴尬。一聊到相关的事，他就会变得沉默。他真的会闭嘴。你想聊多少就聊多少，但他不会回应你。"索菲也是一名业余戏剧演员，八年前她参加了《阴道独白》当地版的演出。"我丈夫只知道这部戏的名字，对表演的内容一无所知。我演的角色负责在舞台上模仿高潮时发出的各种声音，表演中我瞟到坐在观众席的他，天哪，他坐在那里，就像——"她边说边演示丈夫当时的模样，像蜷成圆球的刺猬，用两腿紧紧护住头，"好像在说'让她闭嘴！'"

索菲笑得前仰后合，然后继续说道："不得不说，我可以从同人作品中学到任何东西，而我的丈夫从来没有对此不满。他也从来没有说过'你到底在干什么?！'有时候，他只会'噢'一声。"此时她的刺猬伸展全身，睁大眼睛，"但他从不抱怨。"

147

她为自己总是忍不住笑而道歉:"话说回来,同人作品确实会让你想要尝试很多不同的事物。你会想,嗯,是个好主意。"她又笑出了声。我记录道"她笑",但在回听采访录音的时候,我发现整个过程中自己也笑得很开心。录音里全是我笑得上气不接下气的声音,听起来像是有切彭代尔斯舞团[1]助阵的单身女性派对的现场记录。

这与索菲"工作室"的氛围完全相反。那个房间的天花板和墙壁都被包上了带有花纹的羽绒被,隔音效果很好,除了她温柔、俏皮的声音,一片寂静。"能写出好的性爱场面的作家一定是好作家,那些描写能把你完全吸进去,对着那些文字你会不由自主地'哇喔'。你会想,我要找个地方躺下来。这就是'哇喔'的感觉——希望你不会觉得我的表达太粗俗。在能

---

1 Chippendales,被称为"世界第一脱衣舞男团"。2019年肯德基邀请该团拍摄母亲节宣传片,引发热议。

让我有这种感觉的所有事物中，这是最有趣的。一些描述，比如'他呻吟着'，会让我全身瘫软。哇喔。如果我的朗读能让别人'哇喔'一声，我就会觉得不错，任务完成了。"

她说，这是一项需要独自完成的工作，"这么说吧，如果我现在翻出一个段落，读给你听，我会尴尬得无地自容。我甚至无法顺利听完这次采访的录音。这就像你在视频中看到自己的样子，你会立刻捂住自己的眼睛，大喊'天哪，天哪'。如果没有人在听，只有我和我的麦克风，我会完全沉浸在故事里，我的状态就会完全不一样。如果我意识到有人会听到我的声音，那就太可怕了，那绝对是毁灭性的时刻。"她停顿了一下，"是不是很奇怪？"

♥

我最开始接触同人作品也是因为杰德。在那之前，我完全不知道它的存在。我隐约听说过《五十度灰》源自《暮光之城》的同人作品，但并不知道那究竟是什么。我只知道同人作品将青春期女孩偏爱的元素和中年女性读者喜欢的浪漫小说内容融合在一起。对我来说，它就像一杯我永远不想尝试的甜得发腻的鸡尾酒。杰德向我详细解释了同人作品，现在我也可以带你走进这个圈子了。当然，师傅领进门修行看个人。如果你已经对它有所了解，也许你可以利用这次机会回想一下自己第一次发现同人作品时的感受。不久前，我看到一篇报道，一位住在纽约的女士在浴室镜子后面发现了一间隐藏的公寓。这两件事非常相似，你从来不知道的全新事物一直都在那里。突然间，你有了比想象中更多的活动空间。

如你所料，同人作品是由粉丝创作的虚构故事，以小说、漫画等多种形式显现。这些故事以各种方式与已有的文化或媒体产品相关联。其人物可能来源于电视剧、电影、书籍、动漫，也可能是现实生活中的明星、音乐人、游戏玩家或政治家。同人作品对原著和人物的依赖程度有很大差异，例如有些故事只是改写了剧集的结局，而另一些故事从剧中人物身上获得灵感，完全改写了人物所处的宇宙。

BBC版《神探夏洛克》在某种意义上就是一种同人作品。这部剧将阿瑟·柯南·道尔爵士笔下的福尔摩斯和华生置于现代伦敦的背景中，并让他们看起来像是本尼迪克特·康伯巴奇和马丁·弗里曼本人。如果你可以在同人作品中让这些角色对任何你想要的人，在任何你想要的地方，做任何你想要他们做的事，为什么要止步于此？为什么不让本尼和马丁版的夏洛克和华生变成当地咖啡店的咖啡师和顾客，或者霍格沃茨的魔法师，或者《断背山》中的牛仔？许多类似的故事已经存在，其中大部分都非常精彩。不过和书店里的书一样，写作质量也参差不齐。

与通过传统方式出版的作品不同，成为同人作者没有门槛。你只需要把作品发布在 AO3、wattpad[1] 或 fanfiction.net[2] 这类网站上。当然，你不会获得稿酬，但会从潜在读者那里得到实时反馈，其规模之大足以令新人作者落泪。AO3 每月有超过 1400 万的独立访客。在新冠肺炎封控期间，某个周日该网站二十四小时内的页面访问量达到 6860 万次。目前该平台上有大约 700 万件作品，分布在 4 万个不同的同人圈中。所以，这并不真的像在浴室镜子后面发现一套空的三居室公寓，更像是偶然走进一座繁华富足的都市。

所有的同人作品都是情色文学，这种说法绝对不正确。在 AO3 上，只有大约三分之一的作品被评为"成人级"[3] 或"露

1　北美网文创作平台，2021 年被韩国网络漫画公司 naver 收购。

2　欧美著名同人小说论坛，《五十度灰》最初连载于此。

3　Mature，包含成人内容，但没有露骨的描写。

骨"[1]。在 fanfiction.net 和 wattpad 上，这一比例甚至更低。但可以说，几乎所有平台上的所有同人作品都描绘了某种浪漫关系或性关系。这种关系就是所谓的"CP"[2]。在所有 CP 中，最受欢迎的类型无疑是男男 CP（还记得吗，华生船长），在同人作品中被归类为"男／男"或"斜线文"[3]。本尼饰演的夏洛克和马丁饰演的华生，是 AO3 上最受欢迎的 CP 之一。

尽管故事里写的多是虚构的男人爱上其他虚构的男人，

---

1 Explicit，包含露骨的成人内容描写。

2 原文为 ship。美剧《X 档案》走红时，粉丝希望主角在一起，最初他们称自己为"relationshippers"，后来变为"R'shipper"，最终确定为"shipper"。在某种程度上，"shipping"约等于嗑 CP，"shiper"约等于 CP 粉或嗑学家。

3 slash，"xx/xx"中的斜线符号，用于连接两个人名，表示二者之间的恋人关系。其与中文语境下的耽美有差别，不能一一对应。slash 最初只指以男性角色之间的性关系为主要情节的故事，后用于指任何包含同性浪漫关系的同人小说。许多同人读者将女性同性爱情故事看作单独的类型，将其称为 female slash，也称为 f/f。而中文的"耽美"一词源自英文词 Aestheticism 的日本译名，特指女性向的男性同性爱情故事。slash 与耽美最主要的区别在于，前者指同人范围内的写作，而后者同时包含同人写作和原创故事。

但几乎所有书写和阅读耽美小说的人都不是顺性别男性。在AO3 的用户调查中，自我认同为性少数群体的受访者多于自我认同为男性的受访者（不到 4%）；80% 的受访者自我认同为女性。你走进一座城市，发现顺性别男性以外的人占很大一部分，这些人想象着顺性别男性之间的爱情，会不会让你觉得有些奇怪？

♥

索菲回忆起她第一次探索情色同人小说的情境，那种感受就像坐在前排看《阴道独白》。"一开始，其露骨的程度和使用的语言震惊了我，我也震惊于自己的反应。我坐在那里，大张着嘴。天哪。不。不好吧。不……真的吗？也许可以试试？可——以吗？可以！可以！"

杰德第一次和我聊同人小说的时候，我心想：让夏洛克和华生同床共枕？大可不必。这在剧里永远不会发生，为什么要让角色走上这条路呢？我当时甚至说了这样一句话："为什么每件事都要和性扯上关系？"说这句话的我像极了我的母亲。

（既然说到这儿了，我不能不提到《神探夏洛克》原著中的一点：在 BBC 剧集中，性并不占突出地位；但我敢说，你在阅读柯南·道尔的原著时，一定会想到性，这要归功于华生对福尔摩斯"失控"[1]的次数之多。在《住院病人》一篇中，你甚至能找到有史以来最完美的一句话情色故事："'我亲爱的福尔摩斯！'我失控地喊道。"）

尽管很多人——包括很多 LGBTQIA+ 人士，都在《神探夏洛克》的主要角色之间感受到性张力，但杰德承认她对此没有什么特别的感受。不过她很快补充道："在这方面有一些台

---

[1] 原文为"ejaculate"，既有"射精"的意思，也有"喊叫""突然说出""脱口而出"的意思。

词写得非常出色。"的确是这样，有的台词好到让我觉得剧中到底有没有性张力、这种性张力是有意还是无意的都不重要了。"你没法扼杀一种想法，对吧！"夏洛克在某一集中说道，"只要它在这里生根发芽。"他用手指轻轻点了一下雷斯垂德探长的额头。我的额头也被轻轻点了一下。

如果说索菲对情色同人小说的初体验是你想象中那种情感丰沛的声音表演，那么我的体验则是你想象中的一个母亲为了不吵醒孩子而表演的那种哑剧。我惊讶地张大嘴，抬起头，做了一个"你看到了吗"的表情，然后扫视整个房间。当时没有其他人在场，但我在寻找一个目击者来证实所发生的事情。你相信吗？我想说，然后摇着他或她的肩膀，你之前知道这件事吗？

我之前为什么从来都不知道这件事的存在？"这件事"指的不仅仅是同人小说。网上还有很多我不知道的事，这一点也不奇怪。我指的是同人小说让我产生的感受。怎么会有人在我自己都不了解的情况下，如此准确地满足我的需求？即使那么多篇不同的小说讲述的都是同一段关系，我依然可以一遍又一遍地读不同版本，每一次都像第一次遇见时那样震惊和激动。他们只是朋友！还是另有隐情？那么多心照不宣！渴望！焦虑！有人受伤了！他们需要照顾！天哪，只有一张床！他们冷！他们必须挤在一起！他呻吟！承认吧，他们一直爱着对方！把他们放在霍格沃茨，放在马背上，放在太空中。在一项针对同人小说受众的调查中，80% 的受访者表示她们对自己喜欢的 CP 有着"无穷无尽的欲望"。我完全同意。不如把他们放在船上！海军少将约翰·华生？我一定要看！不过参与这件事必须接受一些条款和条件，比如不能把这件事告诉任何人，又比如你会产生"我到底怎么了"的疑问。

　　人会被自己的梦吓到，你不觉得奇怪吗？你怎么会不知道有人会从灌木丛后面跳出来？是你把他们放在那里的呀。有意识的，无意识的，弗洛伊德？我想欲望也是同样道理。它们同样存在于你的体内，但仍会让你大吃一惊。发现自己喜欢上从未有机会察觉的事物，你会感到非常不安。你想要一个解释。"我冥思苦想，"索菲说，"为什么一个中年直女[1]——我的意思是，我确实自我认同为双性恋，但我和丈夫结婚多年了，所以无论如何我现在应该是异性恋，那么，为什么一个中年直女会在读这两个男人之间的故事时获得性启蒙，感受到性愉悦？我为此挣扎了一阵子。"

你可能会在同人小说评论区看到"OOC"[2]。它是英语短语"out of character"的首字母缩写，意味着故事中的角色没

1　即顺性别异性恋女性。

2　通常情况下，创作者会在醒目位置标注"OOC"标签，帮助不想看到相关内容的读者避雷。OOC 在某种程度上是同人作品的大忌，也因此诞生了"OOC 警察"这一群体。

有按照原作的设定做出应有的行为，展现出的性格与原作不统一。OOC 通常是一种负面反馈。我们不喜欢角色性格走形。

我在读到同人小说时发出的"哇喔"声就非常 OOC。我不是很想看到这件事发生在自己身上。嗯，我并不是不喜欢"哇喔"的瞬间，只是不想体验索菲所说的那种挣扎，面对愉悦感与自我认知产生的矛盾。我甚至还没有开始接受自己爱上了电视上的男人这件事，就已经在想象他和室友在贝克街221B 号做一些不可描述的事。接下来呢？难不成我要匿名出版同人小说？！哈哈哈哈哈。我对这个角色（也就是我自己）感到非常不适，她的行为不符合我的预期。还记得金德尔告诉心理医生她的性欲过于旺盛。这就是她所说的"我到底怎么了"。她很想知道答案。

♥

　　我六年级时受到邀请，与朋友们一起外宿。这种事情很少发生在我身上，所以我抓住机会。我们穿着睡衣一起看《飞越比佛利》（*Beverly Hills, 90210*），班上最受欢迎的双胞胎姐妹丽贝卡和凯特琳（丽贝卡有刘海，所以很容易将她俩区分开来）聊起杰森·普雷斯利[1]，他会让你的肚子感觉怪怪的。"没错！"所有在场的女孩回应道，包括我。我很擅长假装自己和别人一样，但其实我的内心活动是——等等，他会让你什么？

　　在接下来的暑假，也就是上初中之前的那个暑假，我乖乖地把杰森·普雷斯利的照片从《电视荟萃》（*TV Hits*）杂志上剪下来，把他贴在新学校的日记封面上，他旁边是同剧组的

1　杰森·普雷斯利（Jason Priestley，1969—　），加拿大演员、导演。凭借在《飞越比佛利》当中饰演的布兰登一角深受观众喜爱。

演员卢克·贝里和布赖恩·奥斯汀·格林，封面上还有爱德华·弗朗、克里斯蒂安·斯莱特、里弗·菲尼克斯和基努·里维斯[1]。他们都没能让我的肚子产生传说中的那种感觉，但他们那清晰的下颌线、阴郁但性感的眼神，会向任何看见他们的人传递着统一而清晰的信息：这本日记的持有者是一个标准的普通女孩，这里没啥可看的，请走开吧。

如果追踪白人男明星出现在我生命中的时间线的话，这就是我喜欢上迈克尔·哈钦斯之前发生的事。迈克尔·哈钦斯与他们不同，也正因此，我从未对任何人说起对他的感觉。日记里那些毫无生气的悸动不过是一个十二岁女孩装出十三岁模样的道具。我并不在乎他们——我甚至以为 Keanu[2] 的发音是

---

[1] 以上提到的都是和杰森同期的一批受大众欢迎的美国男演员。

[2] 指基努·里维斯（Keanu Reeves）的名。Keanu 的发音令很多人困惑。它来自夏威夷语，意思是凉爽的微风。

Kee-nu！——他们不重要，从任何意义上说，他们都是一些剪贴画，只是欲望的替身。

第二年夏天，我扔掉了那本日记。它经历了一年的磨损已经变得破破烂烂，但一些东西留在我的心里（不是布赖恩·奥斯汀·格林——对不起，布赖恩）。我明白了丽贝卡和凯特琳说的"肚子感觉怪怪的"是什么意思，但并没有借此机会探索究竟是什么让我产生这种感觉。我只是重复之前的过程，四处寻找能触发这一机制的原始材料。我把《电视荟萃》丢在一边，转向在我哥哥电脑上看到的比基尼美女动图。你知道在二十世纪九十年代中期，加载一张动图要花多长时间吗？那段时间长到足以让我仔细观察每一个像素，研究自己应该喜欢什么，再将自己的幻想嫁接到别人的想象之上。从一开始，我的欲望就只与别人的欲望相关。没有一种是以"我"开头的。

阿里尔·利维[1]在《女性沙文主义猪》(*Female Chauvinist Pigs*)中提到，青春期的女孩迫于同龄人社交压力，不得不假装性欲萌动。其后果是，她们"要经历漫长而艰难的过程才能学会识别自己的性欲，而认出性欲是真正感受到性感的重要一步"。人类学家凯瑟琳·罗兰认为，这一点的后续影响不断发酵。她在《愉悦的差距》(*The Pleasure Gap*)一书中采访了一百多位女性，发现许多异性恋女性无法从根本上弄清楚自己欲望的主体和客体。相比之下，酷儿女性在性上面临的问题少一些，她们的性欲更容易被唤起，她们对待性也更自信从容。她写道，在获得愉悦感和满足感方面，酷儿女性有一种优势，尽管它来之不易，处于边缘化的处境。或者说，"出柜"的需求会迫使她们关注自己的欲望，无论她们自己是否愿意这么做。

1　阿里尔·利维（Ariel Levy, 1974—　），美国作家，在《纽约》杂志担任了12年特约编辑。

在采访过程中，罗兰观察到，异性恋女性似乎不太知道如何处理自己的性愉悦。她们"克制自己"，"谴责自己的幻想，驱逐内心真正想要的东西，在性与爱必须以某种方式呈现的观念下出卖自己"。罗兰提出，这些女性需要感知"内心闪现的欲望"——无论那种欲望是什么，"并为自己赋权，采取相应的行动"，从而解放关于性的想象力。

AO3 超过一半的用户认为自己在性别认同、性取向和浪漫取向方面属于少数群体。这些读者被同人作品中普遍存在的的同性浪漫关系所吸引，无论其中涉及的性别是什么，这一点也不"奇怪"。真正奇怪的是，像我这样的顺性别异性恋女性背离一直以来被灌输并全盘接受的观念，以不同的方式想象欲望——无论这种欲望是我们自己的，还是其他人的。

我并不会想当然地认为所有人都喜欢同人作品，即使真是如此，也不觉得自己有义务将这件事公布于众。我一直认为一个人的所思所想与他人无关。但是如果你走进索菲那间隔音的小房间，坐在那张舒适的椅子上，不被任何人听见，不被任何人看见，那么你想要的究竟是什么？如果连你自己也不知道答案？

♥

"你觉得这到底是怎么回事？"索菲问我。我们刚刚在谈论同人作品中的幻想元素，以及这些幻想如何渗透到日常生活中，但不一定是以性的方式。"我早上去银行存钱的时候，突然间会想，本尼现在在做什么呢？"索菲说道，"为什么？你觉得这是否与我们现实生活中的某种缺失有关？"

我觉得自己已经准备好回答这个问题了，因为我最近读了一本相关的书，叫《幻想的力量》（ *By Force of Fantasy* ）。这本书的作者、精神分析学家埃塞尔·S. 珀森说，幻想——白日梦、遐想、内心戏，以及性幻想——并非无所事事时的消遣。它在生活中发挥着重要的作用，抚慰、唤醒、塑造我们。这就是为什么我们需要关注脑中天马行空的想法，即使它有时会让人感到尴尬或羞耻。它影响着我们的现实生活，"有时甚至会带来根本性的变化"。

珀森接着提到，我们很少透露自己的幻想，因而错过正确评估幻想的机会。我们无法听到别人的想法，也无法发现与自己拥有相同幻想的人。有时，我们的幻想如此隐秘，如此犯忌，以致我们开始自我欺瞒。"许多成年人在年轻时花大量时间沉浸于幻想世界，随着成年后责任的加重或梦想的落空，他们不再关注自己的内心，"她说道，"出于自我保护，他们完全停止幻想。"我们躺在床上想着自己的待办事项清单，开始漫长的努力入睡过程。光是考虑另一种生活，即使是在幻想中，都成了我们不能承受之重。

我在想索菲的问题，那些关于本尼的白日梦是否意味着我们的生活中缺少了什么。"缺少"听起来像是我们把幻想当作拐杖，但拥有那些幻想更像是在挖掘某种东西，而不是弥补某种缺陷。"我觉得就像填满一个你并不知道的洞。等洞被填满了，你才意识到它的存在。"我说，然后我们发出窃笑。"就像你朗读的那些情色故事一样！"我"失控地喊道"。"但是，不行，"索菲回答，"如果不是同人作品就没什么性感可言。那就只是一个洞。"

索菲设想了这样一种情况："如果不能享受目前拥有的这些快乐，我会非常失落。我的人生该怎么办？"这个念头似乎让她非常恐慌，"我要怎么填满它？如果不能挥动麦克风，我会想要做什么？"索菲担心洞突然被抽空，但我觉得可能性并不大，更可能的是洞自始至终都不会被探索。如果你不知道它的存在，一切也就无从谈起了。

又或者，你知道它的存在，但出于自我保护，你阻止自己去填满它。

第八章　这是关于什么才真正重要的一章

"我陷在创造意义的困境之中。"

接触同人作品后，我的生活正式开始脱离正轨。看完本尼迪克特出演的所有电影和电视剧之后，我永无止境的欲望遇到了令人恼怒的路障。你可以试着想象我迈入同人世界时的感受：我几乎是在无底洞里挖掘素材，即使以如此疯狂的消耗速度，素材似乎永远都不会枯竭。在 AO3 上有超过 12 万篇《神探夏洛克》的同人作品。本尼迪克特出演的一部广播喜剧启发了 3500 篇同人作品。光是想想，我就忍不住舔了舔嘴唇。

回到这一切初始，我和本尼之间的事给我带来的罪恶感更多的与生理有关——体内化学反应、生理机能和神经线路出现故障，我不能控制自己。我又能怎么办？（无奈地摊手。）他长得那么帅气！但当我开始阅读——呃——享受同人作品时，那种罪恶感就变了。现在，它成了一种个人的失败。我自己有意识地主动去读同人作品，对此我没有任何辩解的余地。如果说最开始本尼不请自来地出现在我的脑海中，那么这件事完全不是，并不是"发生在我身上"，而是我让它发生。我越来越擅长挑选自己喜欢的作品，越来越精准地搜索到精彩的情节。我一次又一次地做出理性的、经过深思熟虑的选择。

当我发现自己在 AO3 上点开一个新的标签页时，我喃喃自语："我真的很讨厌喜欢这些东西的自己。"就连热爱同人作品的索菲也说，她有时会思考反复阅读包含相同人物的故事并为它们配音，对自己是不是一种消耗。"我不知道，也许我会变得越来越狭隘。"她说。怎样才算更好地利用时间，我问道。她用口音标准的英语回答道："噢，我想也许是阅读文学经典，亲爱的，可以开拓视野。"

索菲很风趣，同时也一针见血。读同人作品不被认为是利用时间或思想的好方式，因为其中总带着一种羞耻。同人作品受到的污名化甚至比饱受诟病的浪漫小说还要严重。浪漫小说被无情地抨击（这完全不公平），但至少它们是价值数十亿美元的产业的一部分。同人作品没有经济价值，是业余的，是不合法的。同人作品在很多层面都非常公式化，内容重复性高，而且究其本质是派生品。"同人作品之于写作，就像蛋糕预拌粉之于美食烹饪。"科幻作家罗宾·霍布曾经说过。索菲继续说下去："一些猫王模仿者觉得自己才是正版，同人作品就像他们。"哇，她的比喻总是信手拈来，"同人作品就是数字填色画。"

我正在读的同人小说比许多已出版的小说都要好，我可以亲眼看到，而且可以感觉到——从我的肚子那里——自己非常享受阅读的过程。但我还是觉得这件事正在让自己变得越来越愚蠢，这种感觉挥之不去。我不知道自己怎么会变得这么自命高雅。我的后现代媒介研究学位——上学的时候，我们把《虎胆龙威》[1]当成严肃文本研究了两次——本该让我懂得欣赏"低俗"文化的价值。然而，我始终无法摆脱这种想法：有些东西被称为"罪恶的快感"是有充分的理由的，把《虎胆龙威》作为研究对象，我很享受，但并不以此为荣；同样的，我的内心渴望读到更多的同人小说，但这并不意味着我会为此感到高兴。

也许索菲察觉到面前这个人正在经历由《虎胆龙威》引发

1　《虎胆龙威》是由约翰·麦克蒂尔南等执导，于 1988 年开始，布鲁斯·威利斯主演的系列电影。这是一部改变了好莱坞动作片风格的经典电影，以一名嬉皮笑脸、插科打诨的警察为主角，在当时被认为是开启了新硬汉电影时代的作品。

的"智力衰竭",所以她告诉我,我应该去和一个人谈谈——埃玛,她是同人作者,同时也是个教授。这真是个好消息。我不知道什么样的人在创作同人作品,但在我的想象中创作者绝对不会是教授。有教授身份作为背书,所有事情(包括我自己)似乎看起来都有了合理性。

♥

当视频电话接通的时候,埃玛和我想象中的一模一样,她坐在加拿大一所大学的办公室里,身边堆满盒子和资料。她戴着眼镜,习惯性地用手势强调自己的观点——就像在讲课。她告诉我,她是一名人文学科教授,专攻中世纪文学,即将退休,但目前仍在工作。她的丈夫也是一名学者,一切都很完美。通话过程中,埃玛称我为"文学评论家",这完全不准确,但我没有纠正她,因为我很喜欢这个称呼,而且如果不是因为《虎胆龙威》，我没准真能成为文学评论家。

"我并不是说你不知道这一点。"埃玛说，她开始描述同人小说在中世纪已经非常普遍（我以前确实不知道）。我请她从教授的角度，解释为什么同人小说具有和其他文学作品相同的价值，以及将时间花在同人小说上不是在浪费时间。我想要得到她的认可，这样我就可以激情澎湃地为自己辩护，论证阅读同人小说，以及成为一名"康伯婊"的合理性。曾有人问斯蒂芬·霍金，泽恩·马利克[1]离开"单向"乐队对宇宙产生了什么影响。霍金认真地回答了这个问题。我希望自己与埃玛的对话产生类似的效果——"终于有一个重要的问题了。"霍金接着解释，未来的某一天，理论物理学可能会证明平行宇宙的存在，在那个宇宙中泽恩留在乐队。对"单向"乐队的粉丝来

---

1 泽恩·马利克（Zayn Malik，1993—　），英国流行乐歌手，2015 年 3 月宣布退出"单向"乐队。

说，这是多么好的礼物！我也想要，埃玛帮我实现了。

"中世纪的作家从未想过怎样才能写出独一无二的原创作品，因为当时没有人愿意读新的作品，"她说道，"人们想读的是自己熟悉、喜爱并流行的人物的故事。你不可能听到中世纪的读者或作家说，'不！怎么还在讲亚瑟王和他的骑士们'。他们只会说，'是亚瑟王和他的骑士们！'"她喘息着说道，双手紧握在胸前，眼睛睁得大大的。对同一个角色的渴望甚至可以追溯至中世纪之前。不难把希腊悲剧重新想象成一种同人创作，诸神一次又一次地出现，为他们的信徒探索相同主题的不同面向。

埃玛说，印刷时代的到来改变了这一切。这对痴迷亚瑟王的读者来说无疑是个坏消息。"当人们可以大批量制作复制品时，只有复制品具有独家性才可以从中赚取巨额利润，在这种情况下，创造力开始被定义为原创性。或者说，原创性开始被定义为绝对的新颖。关于原创性在中世纪的含义，一位研究古法语的学者对此有一个精彩的说法，法国诗人吕特伯夫认为原创性，或者说彻底的创新、从无到有[1]的创造，对中世纪的人来说很无趣，他们所看重的原创性是'对既有材料的创造性重组'。我喜欢这个说法，因为它能精准地形容同人创作。"我喜欢这次对话，而且还用到了拉丁语。

　　如果你访问维基百科中极度异性恋霸权的页面"睿智女性眼中的香饽饽"[2]，你会发现上面只有一张男人的照片，照片中只有一个男人，他是本尼迪克特（我必须承认，还有一张女人的照片，照片中也只有一个女人，她是海伦·米伦[3]，因

1　原文为拉丁语。

2　原文为"thinking woman's crumpet"，对应的词为"thinking man's crumpet"。该表达源自 crumpet 一词，带有贬义，指的是被视为性欲对象的女性。电影《泰坦尼克号》上映后，主演凯特·温斯莱特被一家媒体称为"the sinking man's crumpet"。

3　海伦·米伦（Helen Mirren, 1945—　），英、美双国籍女演员，获得过一项奥斯卡奖、四项英国电影与电视艺术学院奖、三项美国电影电视金球奖、五项艾美奖和一项托尼奖。2023 年与导演格蕾塔·葛韦格合作，在电影《芭比》中担任旁白。

为"睿智女性眼中的香饽饽"与"睿智男性眼中的香饽饽"共享同一个页面。这两个页面其实应该分开）。本尼的那张照片拍得很好，他的脸转向侧面，颧骨与下颌线达成完美的视觉平衡。你先别急着关掉这个页面，在查拉丁语时，你还可以多看几眼。

言归正传，他是那个"香饽饽"，我是睿智的女性，这对我来说意义重大。实事求是地说[1]，爱上名人相当愚蠢，但如果对方是本尼迪克特或米伦，那么你至少在糟糕的情况下做出了相对好的选择。而且，我确信有了埃玛给我提供的"知识弹药"之后，我一定能坚守阵地，通过思考让情况好转。每个人都应该拥有自己的"香饽饽"！

埃玛说，一位有思想的女性完全不必为粉丝文化或同人

1　原文为拉丁语。

作品感到羞耻。"我脸皮非常厚。"她笑着说，紧接着补充道，她仍对同事们隐瞒自己写同人小说这件事。"虽然我不觉羞耻，但还是选择待在'柜子'里，"她解释道，"我敢肯定，如果他们知道我在写同人小说，或者读了我写的东西，这件事一定会影响他们对我的学术成果的评价。"她并不在意同事们对同人小说这个类别的看法，也不在乎他们是否觉得自己正沉溺于肤浅低俗的、像数字填色画一样的东西。作为一名文学史教授，她早就抛开了这些顾虑："我喜欢的超过一半的中世纪作品相当于漫画书。"她不想跨越同人小说与工作之间的界限，只是因为想要保护自己的学术面具。"必须穿好'绝对正确'的斗篷，你明白吗？"

"嗯……好的。"我回答道，然后请她再解释一下。

她说，装腔作势和故作姿态是学术圈不可缺少的一部分。你必须戴上中立的面具，穿上"绝对正确"的斗篷，尤其当你是一位女性，身处由男性主导的领域时。"你不能承认对某件事物的忠诚或热爱，因为所有人都必须摆出比研究对象更聪明的姿态。你最初选择进入学术圈，或许是出于对某个学科的热爱，但如果你想有所成就，就必须学会隐藏这种热爱。你承受着一种隐形的压力，必须把这种热爱藏好。只有这样，你才不会有视线盲区，才能看见研究对象的缺陷。"

埃玛说，这是一种非常男性化的方式。"我不想一概而论，但是在我目前所知的所有文化中，男性被鼓励抑制他们生活中的情感维度。男性学者也很热爱他们研究的东西，但可能连他们自己都没有意识到。他们只会将那种爱视为一种经过仔细权衡的欣赏，而他们鉴赏的对象永远是高尚的、有价值的。你懂我的意思吗？"我懂，因为这不仅仅发生在学术界，演唱会上的男人也是如此。"他们必须展露出某种直男[1]的阳刚之气。这

1　指顺性别异性恋男性。

就要求他们必须有'资格'说，情绪化的是别人，而不是自己。"没错，演唱会上的女孩就是这里的"别人"。

"我越来越厌倦，"埃玛说道，声音听上去有些疲惫，"作为一名老师，我唯一的超能力是对自己教授的东西秉持绝对的热爱。当我在课上讲乔叟时，我完全相信这个世界上没有什么比《坎特伯雷故事集》更值得我们投入时间和精力。所以每次我说'当然我们必须意识到乔叟有这样那样的（不足）'，都是在说违心话。"说这句话的时候，她鼓起腮帮子做了一个浮夸的表情，"学术界现在如此害怕天真透明、理想主义，所有人都径直走向另一个极端，用鄙视的眼神注视一切，为任何事物加上怀疑的注脚，从愤世嫉俗到颓废丧气循环往复。"

"我累了，"她说，"面对我如此热爱的中世纪文学、那些超越时间的经典作品，竟然还要假装保持平衡。这是我很庆幸自己即将退休的原因之一。"然后她问我："你记得《疯狂的乔治王》¹这部电影吗？"我点点头，尽管我已经忘光了。"在电影的结尾，国王恢复清醒时，说了类似的话，'我一直知道自己是谁，我只是忘记了如何伪装'。在职业生涯快要结束的时候，我对于自我伪装感到筋疲力尽。如何显得不带感情，如何显得超然物外，我没有忘记怎么做，我只是不想再假装了。"

在学术生涯的最后五年里，埃玛发现自己在写一些基于《神探夏洛克》的小场景和对话片段。她深挖过这部剧，也许早已爱上。在每周六十到八十个小时的工作时间里，她随手在纸片上写下一些文字，然后将它们塞进笔记本里。她等待着，直到自己做好准备，可以将纸片上的内容扩充成完整的故

---

1 *The Madness of King George*，尼古拉斯·希特纳执导的传记片，故事发生在公元 1788 年，乔治三世带领着他的人民和军队在欧洲大陆站稳了脚跟。某一日，乔治王忽然变得疯疯癫癫。各路名医都无法治好乔治王，亦查不出患病的原因。

事。她即将在 AO3 上发表的第一篇同人作品达到了长篇小说的体量。

埃玛十二岁的时候和一个朋友写了关于《星际迷航》的故事。她记得她们在黄色拍纸本[1]上用呆呆的少女笔迹写下那些故事，彼此来回传阅。她说，她觉得自己更像那个十二岁女孩，而不是如今这个看上去"很教授"的人。那些故事当然属于同人创作的范畴，只是当时的她不知道而已。在同人世界里，爱似乎永远都不嫌多。保持中立与客观、故作姿态不会受到推崇。当热爱成为最基本的创作燃料，这些东西不会有太多的价值。

"纯粹是为了好玩，"埃玛讲起了粉丝文化，"一种不求回报的给予。它是分享的快乐，完全不需要考虑补偿或回报。"对她来说，这件事与工作完全相反，是玩耍的乐趣。"一旦我

---

1 纸的一边用胶粘住，便于一页一页撕下来的本子。一般为竖开的笔记本。最初在法律界常用，多用黄色纸张，后发展出不同的形态。

们长大成人，就会彻底放弃玩耍。所谓新教徒式的工作理念纯粹是用来唬人的。"她还提到，粉丝文化的核心在于重新夺回玩耍的空间，允许自己保持"有益的自私"。"根据自己的喜好来分配时间，而不是考虑什么最有效或对他人有利。对我来说，这与健康饮食、锻炼身体一样重要，但我不是在履行某项沉重的职责，它是一种彻底的快乐。"

维基百科页面我还没有关掉，就是那个"睿智女性眼中的香饽饽"。我盯着那张照片。这不是研究，我没有理由继续停留。我只是很喜欢看那张照片。我为何需要辩解？为什么本尼迪克特不值得我花时间和精力？"为真正令你兴奋的事而自责，这是用男性化的方式对待女性经验，"埃玛说，"我们已经习惯了这样对待自己。"

♥

　几年前，一个来自堪培拉的女人伊丽莎白·卡普里奇开始用博客记录自己的抗癌历程。我并不认识她，但她的故事一直陪伴着我。我相信读过那些文字的其他读者也是如此。伊丽莎白在一篇博客里写道："我陷在创造意义的困境之中。"我经常想起这句话。她在后文接着写道："负责照顾我的护士经常和我说，如果我什么都不想做，只想瘫坐着看《饥饿游戏》或者重看《星际迷航》，那样没关系的，我不需要每时每刻都与这个世界打交道。护士还说，看《饥饿游戏》是一件有意义的事，因为通过它，我可以暂时清空脑袋，享受自己。这种感受只有在看喜欢的垃圾电影或电视剧时才会产生。我不必时刻保持警醒，冥思苦想。关于生与死的命题，我也无须进行任何深刻的探寻。"

　对伊丽莎白来说，创造意义这件事已经没有任何意义，她写道："我只希望活着，活得再久一些。"三个月后，她去世了，在三十二岁生日后。她的生日蛋糕上有帕特里克·斯图尔特[1]扮演的皮卡德舰长。

我的思绪总是出于各种原因回到那篇博客上。其中一个是，我想知道如果我和伊丽莎白一样只剩下几个月的生命，我会做什么。我还会花时间看本尼迪克特吗？

就像呼唤与回应的本能反应，每当我想到那篇博客，我就会同时想起诗人玛丽·奥利弗[2]最广为流传的诗句："告诉我，你打算做什么／用你疯狂而宝贵的一生？"这句诗在我这个年龄段的女性的 Instagram 上随处可见，向我们抛出问题，折磨

1　帕特里克·斯图尔特（Patrick Stewart，1940—　），英国演员。在《星际迷航：下一代》中扮演皮卡德舰长，该剧从 1987 年一直播到 1994 年。他塑造的另一个经典人物是《X 战警》系列中 X 教授。

2　玛丽·奥利弗（Mary Oliver，1935—2019），其创作多以山野自然为对象，被称为美国当代"归隐诗人"。

着我们。我打算做什么，我不知道，你说呢。有什么事物能通得过这项考验，值得我们花费"疯狂而宝贵的一生"，毕竟一生的一半已经结束。有什么会意义重大到这种地步？以前我以为答案与家人、爱人、孩子有关。但等我有了孩子，答案又不成立了。每当我又一次跪在地上，清理高脚椅下方地毯上的碎屑和黏糊糊的污渍时，这个问题就会以前所未有的重量深深地压在我的心头。告诉我，塔比瑟，你疯狂而宝贵的一生，就是用来做这些事吗？孩子也无法创造这意义。

玛丽·奥利弗去世的那段时间，她的诗被引用得到处都是，比以往更频繁。这促使我去读了那首名为《夏日》（"The Summer Day"）的诗歌的其余部分。我发现自己完全理解错了，这对一个"文学评论家"来说，属实有些尴尬。《夏日》讲的根本不是找寻什么宏大的人生目标，而是蹲在草丛里非常仔细地近距离观察一只蚱蜢，在田野里漫步，无所事事，什么也不做。在提出关于"疯狂而宝贵的一生"这个问题之前，玛丽·奥利弗先向读者抛出另一个问题："告诉我，我还应该做什么？"除了和蚱蜢一起躺在草丛里，还有什么更好地消磨时间的方式？"难道一切不是最终都死去了？"我们对此无能为力，只能在这"疯狂而宝贵的一生"中关注是什么打动了我们。这首诗与之前完全不一样了。

只要我们被打动了，打动我们的究竟是什么还重要吗？是蚱蜢，还是《坎特伯雷故事集》或《星际迷航》，还是本尼迪克特，有什么区别？玛丽·奥利弗可能对本尼迪克特不感兴趣，但她显然不会因令自己兴奋的事而自责。我知道不应该把诗歌简化成鼓舞人心的金句，但如果你去读她另一首著名的诗歌《野雁》（"Wild Geese"），就会发现她解开了那个难题："你只需让你身体里柔软的小动物 / 爱它所爱。"这听上去很简单。

告诉我，你知道自己爱什么吗？不是谁——我知道你爱生命中最重要的人——而是"什么"。如果你无须解释或辩护，你会因此改变什么吗？我并不是在暗示你对某些令人尴尬的事情怀有难以启齿的热情，但如果真的是这样，那么你就来对地方了。对于那些触动你的东西，你是否允许自己拥抱它们？还是说，你杀死了体内那只柔软的小动物，把注意力转移到那些看似更有意义的事情上？如果我像伊丽莎白·卡普里奇博客里的护士，告诉你，没关系，不是每件事都要有意义，不是每件事都必须合理地占用你的时间或精力，那么你能否让体内那只柔软的小动物爱它所爱？那时你的世界会变成什么样子？行动起来并不简单。

♥

埃玛必须挂断了，我非常生自己的气，我问了她那么多关于中世纪的问题（？！），试图证明我多么理智，但很明显，她真正擅长的主题是爱，是彻底的愉悦，是去做任何你想做的事。我联系她的初衷从一开始就错了。为什么有人会在意理论物理学家对"单向"乐队的看法？为什么这比无数女孩感受到的那种热烈的、不计后果的爱更有价值？

我也厌倦了伪装，这也让我筋疲力尽。我厌倦了总是试图比别人的批评先行一步。我厌倦了反复猜测、诊断、解释、隐藏和谈论这一切到底意味着什么。我厌倦了假装成一个不会爱上本尼迪克特的人，或者一个已经爱上——好吧，被你拆穿了！——本尼迪克特，却依然对这种爱保持着警惕的人。在我看来，他更应该被称为"想得太多的女人眼中的香饽饽"。我只剩两种选择，要么继续厌恶爱他的自己，要么尝试接受这份爱，前者太过无聊，后者又异常艰难。

作家埃米莉亚·科普兰·泰特斯在为《弹弓》(*Catapult*)杂志撰写的一篇关于同人作品的精彩文章（也是一篇关于爱的

精彩文章）[1]中指出："冷漠很容易，爱——那种深沉、清晰到可能会冲破你心灵堤坝的爱——却很难。"她说得没错。"总有人希望你解释这种爱，这也许是最大的挑战。即使对那些擅长解释和描述想法的人来说也是如此。"全力抑制会冲破堤坝的爱让人感到疲惫。最后只有一个办法："打开水闸。"

如果我只剩几个月的生命，我会用这段时间去爱本尼迪克特。当然，不是所有的时间，而是只要我想，我就可以把时间花在他身上。我甚至会一直在网上看他的照片。很离谱吧？这并不是花费时间和精力的好方式，但没关系。到底怎样才能为这件事——把宝贵的时间浪费在毫无意义的事情上——正名。我做不到，至少根据我们决定这类事情的标准是做不到的。那把尺子只能衡量生产力、客观性、正当性、得体度。我对本尼

---

1 文章标题为"作者的萎缩：在同人作品中作家和读者处于更平等的位置"（"Atrophy of the Author: In Fanfiction, Writers and Readers Are on More Equal Ground"）。

的愚蠢的爱给自己带来的感受，以及这份爱对我的价值，根本没有被纳入考量范围。那是别人的价值体系，在那里，爱某种事物，尤其是爱得太深，被视为一件坏事、一个问题和一种尴尬。这个系统不知道如何解释其他人创造意义的所有可能的方式。无论我多么努力尝试，我对本尼的爱永远无法符合他们的标准。而且，我已经厌倦了尝试。

如果我只剩几个月的生命，我想利用这段时间去做自己喜欢的事情。毕竟，还有什么比这更值得我花时间和精力呢？

还有一件事要厘清。我告诉埃玛，请等一下，在她消失在镜头之前，我还得再问一个问题，最后一个问题。

第九章　这是关于其他人的一章

"你的丈夫怎么看？"

你肯定很好奇我的丈夫是怎么看待这些事情的。没关系，你不是唯一的。我被频繁问到这个问题，不得不想出一个固定回答来转移话题。"他知道如果一个男人的妻子喜欢本尼迪克特，好事就会发生在他头上。"我说道。这个回答让人很不舒服，很少有人敢继续问下去，生怕会引出更离谱的对话。

这个问题也一直困扰着本尼迪克特。他告诉《时尚》杂志："有一些女孩的男朋友跑来对我说，'我女朋友迷上你了'。我只能说，'我很抱歉'。"本尼迪克特很抱歉，我也很抱歉，我们为自己对男朋友和丈夫所做的事情而感到抱歉。他们被坊间称作"插在圆面包里的小本尼"[1]的人戴绿帽子，一定不好受。

在这一点上，我和很多喜欢本尼的人聊过，其中大多数是已婚的异性恋女性。在谈话中总会有这样的时刻，谈论本尼大约一个小时后，她们向我保证，不管听起来真假，她们确实爱自己的丈夫。（除了一个来自西澳大利亚的女人，她爱本尼几乎是为了故意恶心她的丈夫。她告诉我："当他让我不爽的时候，我就会说'去他的'，然后转头去读'男／男'同人小说。"她简直是一位偶像，一个传奇。）一位女士在和我通话的时候听到了丈夫进家门的声音，于是用手捂着话筒，低声说："我不想在婚后的家里聊这些。"

"为什么？"我低声问道。

---

1 原文为"Bendy Dick Cum On My Baps"。本尼迪克特的外号之一，具有侮辱性。通常是男性在使用，尤其是男大学生。

她说，因为她和本尼的关系相当于"精神出轨"。

"是吗？！"我压着嗓子说道，弄得我也开始担心自己的婚姻了。我刚读完《纽约客》上一篇关于英国探险家亨利·沃斯利的文章，他执着于徒步穿越南极洲。我的结论是，"穿越某个东西"是一种我无法理解的痴迷。那篇文章让我感到震惊的其实是沃斯利的妻子，她非常支持丈夫，把"南极洲"称为丈夫的"情妇"。我想，既然可以背叛伴侣和一块寒冷的大陆在一起，那么出轨一个素未谋面的名人又有何不可。还有一种情况是，女性会在适当的季节称自己为"足球寡妇"。没有情妇，只有足球，并且足球还成了丈夫的死因——甚至可以认为足球是凶杀主谋。相比之下，精神出轨似乎相当平淡。对一件事物的热爱显然有可能阻碍一段关系的发展。

电话那头的女士在挂断前请求我，不要透露她的名字。她告诉我，她并不感到羞耻，但每天早上醒来，打开电脑再次看到本尼的照片时，她都会觉得自己的"额叶[1]对大脑皮质[2]非常失望"。她对自己感到失望。也许我将自己投射在了她身上。

这算精神出轨吗？另一位女士告诉我，她明确知道自己对本尼有感觉并不等于做错了什么，她说："我知道自己没错。"——但她仍然瞒着丈夫。她不想让他难过。她很爱他！试想一下，如果你发现自己的妻子知道将《奇异博士》快进到几分几秒时，本尼只穿着一条毛巾的画面就能完美地出现在她眼前（43 分 30 秒），你会作何感想？

"如果他这样做，我也会觉得不开心。"另一位受访者告诉我。事实上，很多人都这么跟我说，如果她们的丈夫对某个名人，比如斯嘉丽·约翰逊——斯嘉丽·约翰逊常常被拿来举例——有类似的感受，她们也会介意。没错，我也一样。

---

1 与人类语言的形成、语言表达、自主意识以及随意肌的控制有关。
2 额叶约占大脑皮质面积的 40%。

没有伴侣的人也会感觉很糟糕。她们为自己对待本尼的方式感到愧疚，她们在物化他。"你在美术馆欣赏一件艺术品，转过身来就看到有人在给你拍照。一想到这个场景，我就浑身不适。"本尼曾这样说道。一个人看起来像一件艺术品，并不意味着你就应该像对待艺术品一样对待他。物化意味着用看待物品的眼神来看人，女性难道不清楚这样做的代价吗？现在你让所有女性主义者失望了。我们凝视，我们感到抱歉，我们感觉很糟糕。这样做是否值得，你一度开始怀疑。

你到底为什么想知道我丈夫的看法？我无意刁难，只是很好奇。尽管我现在已经知道答案了，但我仍不明白为什么这件事对我来说如此重要，和他又有什么关系。但似乎，这件事又与他完全相关。

♥

　　有一天，我在网上闲逛，看到一个帖子，其主题是"对公众人物的心动经历"，并邀请网友做相关的测试。我点开了链接，因为我会回答很多类似"我会如何处理本尼迪克特用过的餐巾纸"的问题。这是一个与名人崇拜量表截然不同的测试，不是心理健康检查，更像婚情咨商，而陷入危机的伴侣是我和本尼。

　　首先，你需要填上心动对象的名字，可以是虚构人物，也可以是真实的人。然后，会获得一份个性化的测试。我发现自己在思考以下问题：整体而言，你对自己和本尼迪克特·康伯巴奇的关系有多满意？我轻声笑了起来，选了"非常满意"。你和本尼迪克特·康伯巴奇的关系能在多大程度上满足你的需求？嗯，有点诡异了，我暗想，然后选了选项中最高的一项——第七项"极大"。当我看到下一个问题（你和本尼迪克特·康伯巴奇的关系有多好？），我只能用问题来回答：是谁设计了这份测试，为什么把我弄得好像真的在和本尼迪克特·康伯巴奇谈恋爱？

"想象中的爱也是真实的。"里瓦·图卡钦斯基·福斯特博士说。她是美国加利福尼亚州查普曼大学的副教授，专门研究媒体心理学，也是这份测试的设计者。福斯特博士研究准社会浪漫关系，也就是对公众人物感到心动的学术说法。她认为，这些关系，比如我和本尼之间的关系与互惠的、无媒介的关系（比如我和丈夫之间的关系）一样，能够产生有意义的、深刻的感受。她的测试并不是在给被测试者制造幻象，而是直接明了地承认这些感觉的存在。

当我与福斯特博士交谈时，她一开始就告诉我，她完全支持将本尼迪克特作为心动对象。她挑了挑眉毛，表情有些害羞。我心想终于得到一个和康伯宇宙之外的人对话的机会，但说实话，假设每个人都是"康伯婊"似乎更安全。福斯特博士第一个心动对象是《玉面飞龙》(*MacGyver*)里的主角，她说的是原版，也就是理查德·迪恩·安德森那一版。上学的时候，她常常幻想他会出现，把她从校园霸凌中解救出来。

青春期结束后，她就很少想起马盖先[1]了。若干年后她成为母亲。"我在网飞租了很多 DVD，好让自己熬过不断喂奶、给宝宝拍嗝的夜晚。"她回忆道，《玉面飞龙》就是其中一部。起初，她不太能看得下去，觉得这部剧的表演不太行，而且以今天的眼光来看，制作有些可笑。"但后来我感觉马盖先好像从来没有离开过。"那段经历点燃了她研究准社会浪漫关系的热情。她说，这也是一种"对自我理解的探索"。

"同样的事情也发生在我身上。"我告诉她，"这就是我想

1　《玉面飞龙》的男主角，是一名密探，擅长利用日常生活用品逃出险境。

和你聊聊的原因！"

"是的，当然。"她说，好像这是最正常不过的事。"在我那本书里，有一部分是关于母职的。"她补充道，仿佛准社会浪漫关系的建立是养育孩子的必备步骤，你有了孩子，你给孩子喂奶、拍嗝，你爱上了电视上的某个男人。"这是重建自我认知的重要方式。当时我没什么体会，但现在回想起来，特别是当我听到其他女性谈论这件事时，我意识到我们有着相同的经历，"她说，"我当时肯定迷失了自我，所以重新想起马盖先是件好事。"她寻求自我理解的步伐比我快得多。

她认为，虽然准社会浪漫关系肯定会带来负面影响，就像确实有一些粉丝在追星过程中患上幻想性障碍或反社会人格障碍，但在大多数情况下，陷入这种浪漫关系是未被充分研究，却带有社会污名的正常行为。据她所说，"准社会关系"一词于二十世纪五十年代提出，被错误地病理化[1]。你从现实生活中的关系里获得满足感，对你的伴侣完全满意，但仍然会追求一段准社会浪漫关系。这并不会让你把真实的关系引到坏的方向去。这种关系也并非低自尊的补偿品或陪伴的替代品，尽管二十世纪七八十年代的"媒介使用与满足"研究就是这么定义其特征的——就像一种"安全毯"。

也许对某些人来说，与名人建立准社会浪漫关系的确是对现实世界中缺乏人际关系安全感的一种补偿，但对大多数人来说，情况并非如此。"数据可以证明。我可以从一项又一项的调查研究中得出这个结论。无论以何种标准衡量，在亲密关系缺失需要寻求替代品与追求准社会浪漫关系之间，并不存在相关性。

1　人类学家唐纳德·霍顿和社会学家理查德·沃尔于 1956 年在精神病学期刊上发表了相关文章，他们关注的是因观看电视而形成的心理依恋。

"我们不断发现，那些更容易在现实生活中建立牢固社会关系的人，也更容易建立牢固的准社会关系。准社会关系只是社会关系的延伸。我们会用特定的心理模式来处理不基于媒介的关系，当遇到基于媒介的关系时也会使用同样的心理模式。我们并没有随着媒介的发展而进化，对于想象中的关系和想象中的人，大脑还没能发展出特定的功能分区。我们使用相同的基础设施来处理这两种关系。"

"等一下，"我说，"那不就意味着我真的在欺骗我的丈夫吗，如果我把他和本尼储存在大脑的同一区域？"福斯特博士说，这是一个私人问题，她无法基于调查研究做出回答。"但是，"我有点焦急地问，"你认为应该将这种情感藏在心底吗？"

"很多女性都愿意把自己正在经历的事情告诉她们的另一半，结果也都还不错。她们告诉我，她们的丈夫会取笑她们，把这件事当作玩笑。"她说，"但是，如果你内化了社会对这类事情的负面评价，认为自己的行为是不成熟的，那么也许你就不想让丈夫知道；或者你想把它留给自己，将它放在只属于自己的灵魂角落；又或者你的丈夫会因此产生威胁感。我不确定。我想问你一个问题，如果你的另一半对——"

"斯嘉丽·约翰逊。"我抢着说。

"是的，斯嘉丽·约翰逊。这也是一个私人问题。"

♥

在所有被我问及对本尼的感情的人中，琳达是极少数不愿在电话里谈论的人之一。她七十四岁，她的丈夫大部分时间都在美国南部乡村的家里陪着她，她无法确保通话的私密性，所以我们通过邮件交流。她打出来的文字让人无可挑剔——她曾在软件行业工作过。不过看到她这么想保守秘密，我不免有些担心。她是不是害怕面对丈夫的看法？不是这样的，她在回信中告诉我。她只是不想说出来。

"我持有这样一个观点：我不需要解释为什么自己有某种感觉或想法。"她写道，正是出于这个原因，她很难回答我在邮件中提出的问题，"我把爱、时间和支持尽我所能地献给了家人和朋友，但同时有权利保留自己独立私密的内心世界。"三十多年来，家庭和工作一直在消耗她的能量。"成年后真正意义上的私人生活一直存在我的脑子里。"后来她告诉我，她和丈夫很久以前就决定："只要你在家吃饭，食欲从哪里来都无所谓，并且不需要向对方解释说明。"

埃玛，前文中那位教授，在回答我的最后一个问题，即她的丈夫是否知道她写同人小说时，也说了类似的话。他不知道，这是件私事，她说。"有些女性写日记，而我写同人小说。我们都是为自己而写。"

"那你的丈夫其实并不完全了解你？"我问。

"是的，"她回答，"但你知道吗？我不介意。我想我和他之所以还能不断感受到激情，对我们的共谋感到满意，是因为我们为这份关系恰到好处地维持着神秘感，即使过了这么多年。"

"写那些露骨的片段时，你不会觉得有任何背叛的感觉吗？"

"完全没有，"她说，"在我看来，幻想是自由的。他肯定也有性幻想，受到很多人的刺激。但这与我无关。"

那个在婚后的家中与我通电话的女人——就是要求匿名的那个女人，老实说我想不出还能怎么形容她——告诉我，她把自己对本尼的感情藏在心底，因为"人们会开始怀疑那些我不想让他们知道的事——我的婚姻，为什么我的丈夫允许这件事发生。我知道人们的大脑会想些什么，所以我为自己挖了一条又宽又深的护城河。这是作为成年人对自我的一种掌控感"。

还有杰德。我们曾一起在她家度过了一晚，她没有告诉她丈夫，我在那里。多年后，我终于问了她这件事。我们参加了本尼主演的《信使》(*The Courier*) 工作日日场放映会，美滋滋地喝了免费的茶，吃了免费的胡萝卜蛋糕（这显然是他们为这个时间段看电影的老年人准备的）。我们比那天晚上走得更近了，多亏了时间和本尼源源不断的作品。"你为什么不想让你丈夫知道我们在做什么？"我问杰德。

"因为我不想让他毁了这一切。"她说。

"喔，我还以为你感到羞愧呢。"我说。

"不是，"她说，"我不想让自己在意他的看法。"

福斯特博士说的没错，这的确是一件很私人的事。但我还是不明白，为什么其他人想要知道我丈夫对这一切的看法，并且觉得这如此重要。

♥

在意别人的看法并不一定是坏事。这意味着考虑周到，富有同情心。这几乎就是"女性气质"的定义。有一项与之相关的研究：研究人员邀请美国女性回忆她们所接受到的关于女性应该如何行动、思考和感受的信息，并根据她们的答案列出一份大众眼中的"女性行为规范"清单。

请做好准备，因为下面就是结果，一份关于女性应该是什么样的清单：好相处，瘦，谦虚，顾家，照顾孩子，肯为浪漫关系投入时间精力，性忠诚，以及为外表投资。

令人惊叹的清单。其中我最中意的一条是"瘦"，因为只有它不假装自己是任何其他事物，就是：瘦！一个值得注意的点是，这些女性特质中有多少甚至与女性无关，而是与他人，以及女性给他们带来的感受有关。总之，更注重女性给他人带来的感受，这就是所谓的女性应该有的样子。

另外，最初的研究是在十多年前进行的，研究对象主要是顺性别异性恋女性，但在关于这项研究的最新调查中，在更近期的关于这些规范的研究中，LGBTQIA+女性和非常规性别者对这些行为标准的认可程度与顺性别异性恋女性相同，在某些情况下甚至超过了顺性别异性恋女性。我们都非常在乎他人，尤其是男性，这并不令人惊讶。你一定听过这句话（据称是出自玛格丽特·阿特伍德之口）："男人害怕女人嘲笑他们，而女人则害怕男人会杀了她们。"[1]时刻留意你带给男性的感受可能是你生存的必要条件。反过来说，如果你不太在意自己给别人带来的感受，似乎就是错的，冒犯的，羞耻的，就好像你不想让别人知道这些信息一样。

---

1 这句话是阿特伍德最常被引用的金句之一，但目前还没有具体的来源归属，阿特伍德的多篇作品有过类似的说法。剧集《使女的故事》用了这句话作台词。

♥

关于斯嘉丽·约翰逊的事，我知道自己说过，如果我和丈夫的位置对调，我也会不开心。这是事实。但我并不认为这揭露了我与本尼，甚至我与我丈夫的任何事情。男人盯着女人看和女人盯着男人看是不一样的。只要问问一个被盯着看的男人就知道了，比如爱尔兰演员艾丹·特纳——那位没穿衬衫、手持镰刀，为《波尔达克》(Poldark)这部剧加料的男人。他曾谈起自己被物化与女性被物化之间的区别："我是男人。情况完全不同。对我来说，这是一个完全不同的世界。我走在街上，从不感到害怕。而很多女性每天都感到害怕。"谢谢，艾丹。他拥有的不仅仅是一副英俊的面孔，还是一副了解父权制的好看的面孔，很性感，而且在我看来很正确。

"看"这个行为本身并不是一件坏事，"被看"有时也会让人感到愉悦，但你并非在真空中做这件事。它存在于社会文化和历史背景中。如果内森，一个顺性别异性恋男性，对斯嘉丽·约翰逊有好感，至少在第一印象上，这会涉及男性对女性的物化，以及女性的价值一直以来都被约束在这种物化之中的悠久传统。所以，我不希望看到这件事发生。不过，如果内森对艾丹·特纳有什么想法，我一定会全力支持。

提起斯嘉丽·约翰逊，只是一种干扰，会带来更多的噪声。我只是想假设这样一个反例，现在你得考虑这一点了。我知道，我刚才带着某种自信提到"父权制"，似乎表明我很确信自己不在乎别人的恶意指责，他们会说我是反向性别歧视。但事实并非如此。我已经反复思考过关于斯嘉丽·约翰逊的事，而且因此感到不安。当然，我曾经考虑过自己对本尼的爱会如何影响其他人，从每一个可以切入的角度。这是我的默认模式，总是"与他人相关"，永远在意别人的感受。对我来说，这是必需的。当你问"你丈夫怎么看"时，你真正想知道的是："你是否已经进行了必要的心理劳动，以确保你的感受可以分享给别人？"如果要我总结的话，这就是这个问题看上去如此重要其实并不重要的原因。这样的贸然行动让我想到了埃玛。在我们感觉良好之前，我们需要一种祝福，需要获得继续下去的批准与许可。

探讨丈夫们会怎么想，其实也是在做一件对我来说自然而然、很有必要的事：我在对自己负责。当某件事给我带来快乐和愉悦时，我会问自己，这会让我看起来如何？漂亮？苗条？谦虚？顾家？体贴？为关系投入时间精力？性忠诚？像一位好妻子？我会让每件事在展开之前接受压力测试，以确定它可以经受得住公众的审视。如果某种愉悦感没有考虑到其他人的需求，如果它没有满足其他人对我的要求——如果它只为了我自己——那么它就无法通过测试。难怪如此多的女性宁愿将自己的快乐局限在私密的内心世界中，或者只愿意在支持她们的网络社群中分享。这是摆脱"你的丈夫对所有这些事情有何看法"的唯一方法。

♥

　　我第一次看到内森是在眼角的余光里，不是在拥挤的房间里偷瞄一眼的那种，而是另一层意思——最开始我有些看不上他。当时我在好友新公寓的小厨房里给蛋糕撒糖霜。贝丝计划了一场乔迁派对，她让我在其他客人到达之前过去帮忙，因为我是她最好的朋友，而且我很擅长撒糖霜之类的事情。我不知道为什么内森——贝丝另一个朋友刚认识的新朋友——也会出现在那里。他一进门就把准备好的乔迁礼物递给了贝丝，一个蓝色的玻璃花瓶，并且里面已经插好了鲜花——太浮夸了！接着他径直走到厨房告诉我，他知道一个撒糖霜撒得更好的小技巧。但我不太认可。

贝丝至今还留着那个花瓶。每次用的时候，她总是指着花瓶对我说："看，这就是内森送给我的那个漂亮花瓶！"花瓶的确很漂亮，他撒糖霜的方法也是对的。但我从见到他的第一眼起，就讨厌他了，而且持续了很长一段时间。

八年后，在我和内森的婚礼上，贝丝发表了婚礼致辞，讲了很多很精彩的故事。毕竟因为她，我俩才相识。只不过从我看他不顺眼到看着他的时候眼里满是星星，花了很长一段时间。

这类故事的走向总是相似的，恨和爱背后的东西也总是相似的。内森和我很像，我们喜欢相同的事物，比如贝丝，比如炫耀，比如总是想要做正确的事。这在我们二十多岁时经常表现为互相竞争的关系，但到了三十多岁时就慢慢变成相互欣赏。我们经历了很多段关系，遇到过很多和我们不那么相似的人，才抵达这个目的地。我这才发现，我宁愿与一个对蛋糕装饰指点江山的人在一起，也不愿与一个对糖霜该怎么撒根本不在意的人在一起——你能想象吗？

因为我们喜欢同样的东西，所以内森坐在沙发上和我一起看本尼的电影和电视剧并不奇怪。我们总是一起看东西，以前我们坐飞机的时候，甚至会相约同时按下面前小屏幕上的播放键，这次也不例外。本尼参演的大多数作品都是我们喜欢观看的类型，毕竟我们都是看引进的英剧长大的。

然而，奇怪的是，当我选择《队列之末》作为下一部我们共同观看的本尼作品时内森的反应。这部BBC迷你剧大概时长五小时，改编自福特·马多克斯·福特的小说。"我看过了。"内森说。"什么？什么时候？"我非常震惊，他怎么会在没有我的情况下看了整整五个小时的电视剧。他耸了耸肩："嗯，你不在家的时候。"

"你丈夫怎么看？"我总是被问及这个问题——在不同的

时间、不同的场合，被不同的人。坐在办公桌前工作时；在学校接孩子时，我的开衫上别着一个并不显眼但非常漂亮的本尼胸针；向出版商推销这本——和本尼迪克特·康伯巴奇其实无关的——书时。

"你丈夫怎么看"是一个关于母职几乎毁掉我的问题，但从来没有人问过我。这是一个关于我如何从自己身上消失，从内森身边消失，从沙发上消失的问题——我会和孩子们同时上床睡觉，提前开始我的夜晚，又令人难以置信地在凌晨两点早早醒来。这是一个关于我们如何不再相似，甚至在生物学上变得完全不同的问题，两个生活在不同时间表上，经历不同事情的人，不再看同样的电视剧，也不再以相同的方式看待这个世界。眼睛打叉的 emoji（表情符号）。

你为什么不问一下我丈夫对上面这些事有什么看法？因为一个母亲面临的重重考验与她的丈夫无关，她的快乐才与他有关？但你要知道，快乐并不是问题所在。就算没有本尼的存在，我们也已经渐行渐远。无论你想不想知道，我都会告诉你，内森对此的看法：糟透了！对我们来说，那个时期很痛苦。为了让这段关系变好，他愿意做任何事情。

"我很愿意再看一次！"内森说。他没有说谎，《队列之末》拍得非常好，值得反复观看。每次你都会在本尼的嘴巴上有新的发现。"他能用他的嘴做的事情真是令人惊叹，"《新政治家》（New Statesman）杂志在评论中写道，"它似乎会随着情感而起伏变化，有时候令他看起来像一条充满异域风情的鱼。"但内森并不在意本尼的嘴。他愿意再看一遍《队列之末》，是因为他想和我坐在沙发上，一起看点东西——任何东西！即使他注意到了本尼夜复一夜的出现，对他来说我的存在更为重要。

所以，内森在那个异域风情的鱼缸前坐了很久，毫无怨言。但每个人都有极限。除了我，事实证明我没有极限。当我让他反复看同样的东西——无数次地重复，他也会开始抗拒。最终，不断循环的《神探夏洛克》让他受不了了。我让他看这部剧的次数多到令人无法容忍，但我无法停止。本尼饰演夏洛克时的发型再好不过了，所以我能怎么办呢？作为让步，我会让内森"挑"一集（但总共只有十集可以选择）。

一天晚上，我再一次向内森提出这个"美好"的提议时，他的回应类似于"真的吗？又来"。

我说："这比电视上的任何节目都好看！"确实如此，至少从发型的角度来说。

"怎么可能！"内森说，"肯定还有别的。"

我倒吸了一口气。在我生命中的那个阶段确实没有其他东西，虽然那只是本尼的头发。我的（过度）反应让内森感到困惑，于是他说了一句话，这句话至今仍让我心跳加速，毫无疑问也让他心跳加速："怎么了？只是一部电视剧而已！"喔——

喱——喱——喱。

内森坐在沙发上，准备用笔记本电脑看剧。我站在那里，开始整理孩子们的玩具。这么做很自然，我可以将乐高的碎片扔进桶里，用掉落的声音作为我发怒时的打击乐伴奏。这就是当时的画面：一个完全不知道自己刚刚走进了什么的男人，一个来回踱步、咆哮着收拾东西的女人。我相信不用我多说，你也知道这些要素组合在一起非常危险。

我气炸了。"只是一部电视剧而已"，这正是问题所在，我号叫。一部电视剧怎么能在我的生活中占据如此重要的位置？因为我的生活中没有任何东西可以与之相提并论，这就是原因！我的生活变成了什么？我号啕大哭。没有什么是属于我的。我只有本尼迪克特·康伯巴奇！

我说，我恨他每天都可以去上班，就好像他的时间是有价值的，而我的时间是可以牺牲的。我恨自己没有什么可以写的东西。我恨那个照顾孩子日常生活的人总是我。我恨他从来没有注意过什么时候需要打扫吸尘。我恨他的自我意识丝毫没有受到为人父母的影响，而我却经历了一场宇宙级的混乱，我都不知道自己是谁了。我到底是谁？我又变回了一个可怜的十几岁少女！内森皱皱眉头，但没有打断我的咆哮。它继续下去，一直持续下去，走向与电视节目无关的很多领域。最后，内森把笔记本电脑收了起来，因为很明显我们那天晚上不会看任何东西了。

老实说，我已经记不清自己说了什么。我想大部分内容还是忘了比较好。我只记得我就为什么喜欢《神探夏洛克》进行了一番相当有说服力的分析。"那是因为，夏洛克和我不一样，他可以随心所欲地做任何想做的事！"他不必在乎别人的感受，除了维持发型之外没有任何责任要担。他完全超脱于"枯燥的日常生活"。一个好分析，但它的关键在于我想成为夏洛克，而不是想要他。也许在当时，我对这个角色的爱的确多于对这个人的爱。又或者我觉得这样向内森解释会更容易些，在某种程度上减轻他受到的打击。

无论如何，内森坐在那里从头听到尾。他没有提到斯嘉丽·约翰逊。更准确地说，他一句话都没有说。最后，他点点头，对我说："嗯，很高兴能知道这些。"我疲惫不堪地爬上了床，至少家里现在非常整洁。第二天早上内森起得很早，为孩子们做了早餐。他说我应该利用这段时间在空房间里写作。"我觉得你其实是有东西可写的。"他建议道。他总是对的，这让人很是恼火。再后来，他买了一个扫地机器人，并给它取名叫"本尼迪克特·康伯吸尘"。

关于我丈夫对这一切的看法，我也只能说这么多了。问题的答案远不及我们提出这个问题的动机有趣。内森会给我买本尼的周边。他看过所有本尼参演的电视剧和电影，和我一起谈论这些内容的时间比其他人能忍受的都要长。至于那些我想重复看的内容，我会等到他不在家的时候再打开。"和本尼玩得开心！"他会在出门时大喊。有一年我过生日，他给我做了一个本尼迪克特·康伯巴奇蛋糕：切出本尼的脸的轮廓，在矩形巧克力蛋糕上撒上糖霜，做出梦幻般的白色轮廓。但在制作的过程中，他拿错了罐子，把玉米淀粉当成糖霜，所以在唱完生日快乐歌、吹灭蜡烛后，我们不得不用纸巾把本尼擦掉，才开始享用蛋糕。你可能会觉得这是内森消极反抗的方式——"现在不那么梦幻了吧，我的淀粉朋友！"，但我知道内森绝不会故意弄错糖霜和盐。

即使内森真的觉得我的行为有损尊严，他也从来没有说出来，尽管我一直试探他，想从他嘴里套出一些好素材来写这一章。如果他说"我和康伯巴奇，只能选一个"，然后我们的婚姻因此破裂，那么这一章可能会迎来一个高潮。但他不是那

221

种人。

　　整件事的底线是内森知道我和本尼的关系对我异常重要，它能为我提供我非常需要的东西；而且最关键的是，这和他无关。他给了我比他的许可更宝贵的东西：不必在乎他的想法。他就是那个人，世界上唯一比本尼更吸引我的男人。

　　与我不同，内森从不避讳告诉别人关于我的"事情"。他不认为这有什么问题，因为他一辈子都没有担心过自己会让别人感觉如何。事实上，内森喜欢我对本尼的爱，他的喜欢甚至比我对本尼的感情更纯粹、更愉悦，因为他不会对这一切感到内疚和羞耻。

　　"如果你的妻子喜欢本尼迪克特·康伯巴奇，好事就会发生在你身上"这句网络流行语也许有几分道理。所以，当男朋友们去找本尼，并告诉他，自己的女朋友非常喜欢他时，他不应该说抱歉。他应该说："不客气。"茄子 emoji。

♥

如果内森的反应不是那样的，如果我们不那么相似，那会有什么不同？我不知道。对一些女性来说，丈夫的想法根本不值得深究；而一些女性会因更小的事而被杀害。当然，不仅是丈夫们的想法，还有所有其他人的想法：你的父母，你的孩子，你的老板，你的邻居。值得一提的是，在与我聊过本尼的人当中，所有与女性或非二元性别者建立亲密关系的人都告诉我，她们的伴侣知道并完全支持。

我曾问琳达，她是真的选择将自己的内心世界藏起来，还是说，这种选择是由他人的评判决定的。她告诉我，也许是后者，但这是出于自我保护。她说，人们习惯将不同视为一种失常、一种越轨，那些阅读情色同人小说的女性刚好落入这个范畴。她不想被留在风中，任由他人的看法摆布。她警告说，舆论会在心跳的瞬间将你推倒。她补充说，与她关系很好的一个亲戚是女同性恋，但她无法和这个亲戚分享与同人世界有关的一切，这让她感到万分遗憾。"而且我不知道自己是否有勇气告诉她，也许我会拜托我的女儿把你写的东西寄给她。"

我开始越来越早地起床，一起来就走进那个空房间。有时我会写作，有时只是浪费时间在网上看本尼的照片。整个家渐渐苏醒的声音从门缝传来，而我会在里面多待一会儿。知道自己想要什么并主动争取，原来是这样一种奇怪的感觉，比发现自己爱上名人更奇怪。

第十章　这是关于《警察学校》的一章

　　"如果我说出自己的感受和想法，没人会愿意和我待在一起。"

　　我六七岁的时候非常喜欢《警察学校》（*Police Academy*）系列电影。你可能会问这么小的孩子为什么会看这种电影。该系列的第一部电影被评为 R 级，如果我没有记错的话，其中一个情节是一位女士在一名警官演讲时为他口交。八十年代的家庭教育方式（我非常宽泛地用这个措辞）、每个家庭都至少有两个孩子，以及饱和的市场，这些因素结合起来，完美地促成了这个现象——从 1984 年到 1989 年，《警察学校》每年都会更新一部。他们如何迅速地制作出如此高质量的影片，我们无从知晓。

毫不意外，这让我在哥哥姐姐们那里留下了一个终身笑柄。《警察学校》对任何人来说都是古怪的基础读物，对我来说尤其如此，因为它与我那个年龄段的一切都格格不入。我当时是朝气蓬勃的小姑娘，家族中典型的小女儿，满脑子都是草莓酥饼、《纳尼亚传奇》、手工压花，以及拯救鲸鱼。但就是这样扎着辫子、穿着长筒袜的我，放学回家后会坐在木纹机壳的电视机前，观看非常老派、有很多女性胸部和臀部的裸露镜头、与《警察学校》非常相似的电影。

我们班有个男生也莫名其妙地喜欢《警察学校》。为了保护他的隐私，就让我们叫他詹姆斯吧。没有谁比我更懂被别人知道小时候沉迷《警察学校》的后果。午饭时间，詹姆斯和我会在学校橄榄球场的荫凉处碰面，我们对话的开头永远是"海托华那部分怎么样……"或"当马哈尼……"我们一起赞叹迈克尔·温斯洛用嘴巴发出的声音，模仿博卡·格德斯维特。也许我们还一起研究过为什么蓝牡蛎酒吧[1]里的顾客全是穿着皮衣的男人。

然而在某个时间点，在和詹姆斯的相处中，我突然意识到和男生做好朋友对女生来说不是件好事。每当我看见詹姆斯和男孩们一起玩手球时，我都会为我们之间的关系感到尴尬。我知道这段友情无法持续下去了，尽管我们有相同的兴趣爱好，但他是男生，而我是另一种性别。我之所以能意识到这一点，是因为除了《警察学校》，我还会和姐姐们一起看约翰·休斯[2]

1　一个虚构的酒吧，出现在《警察学校》中。在电影中，警察学员们有时会误入这家男同性恋酒吧，这样的情节通常会伴随着滑稽的反应，以制造喜剧效果。

2　约翰·休斯（John Hughes，1950—2009），美国导演。职业生涯早期拍摄了一系列叫好又卖座的青春片，包括《早餐俱乐部》《春天不是读书天》等。此后尝试不同类型的影片，包括《小鬼当家》系列。

的作品。每个人都有属于自己的类型，就像《早餐俱乐部》(*The Breakfast Club*) 中的人物一样，我学到了这一点。你只需要找到那个类型是什么，然后和你的同类站在一起。我和女孩们一起玩芭比娃娃，而詹姆斯毫无疑问地沉浸在手球中，就这样我们渐行渐远。

他和我上了不同的高中，但是我们的镇子很小，所以整个青少年时期，我常常在商店或火车站撞见他。我们总是避免眼神接触，从未对彼此说过一句话。女孩和男孩确实是不同的类型。当我从他身边经过时，我都会想起《警察学校》。一想到我们那段误入歧途的友谊竟然建立在如此脆弱的基础之上，我就会感到尴尬。从那时起我对那段经历的感受就没有变过。虽然后来我能自嘲了，但灼热的羞耻感从未真正消退。那是一种做了错事的感觉。

多年来，我偶尔会把自己沉迷过《警察学校》的事当成笑料讲出来，包括在一个博客上。为了和几个朋友保持联系，我开了那个博客。在一篇关于童年回忆的博客文章里，我写道，詹姆斯和我之所以能建立友谊，是因为同龄人中几乎不可能有其他人喜欢《警察学校》。那个博客本就不是为了点击量而存在的，最终隐形于网络世界也正常。

詹姆斯居然发现了它。小学之后，我就再也没有和他说过话。无论是在现实生活中，还是社交媒体上，我和他都没有任何联络。但他的名字突然出现在留言区。太不可思议了！你认为他会说什么？"我要死了！我们当时也太尴尬了！海托华万岁！"或者"哈哈，我终于知道他们在蓝牡蛎酒吧里搞什么鬼了！"不，他根本没有提到《警察学校》。

"我在温特沃斯瀑布镇长大，关于童年，我记忆最深的是与塔比瑟的友谊，"他写道，"在炎热的阳光下，我们从学校去她家要走一段陡峭的山路，她家对面是一个带秋千的大操场，她家那巨大但非常亲人的狗。"（哦，厄尼！它真的是最好的狗狗。）"最重要的是，"詹姆斯继续写道，"我喜欢她安静的陪伴。"

我靠在椅子上，说不出话来。一时之间，我很难接受他写下的东西，原来我在詹姆斯心中是这样的存在：一个有血有肉的女孩，她属于真实的世界。我完全忘记了她，但他不知何故保存了那段友谊，没有因尴尬而篡改那段记忆，也没有将自己的过去变成笑料。他允许我们拥有奇怪的品味，允许我们改变，允许我们渐行渐远。他没有抹去当时的我们，而是将其视为童年的正常部分。而我呢，对这个可爱的女孩和这段真挚的友谊做了什么？

牺牲过去的自己，是一件非常容易的事。2019 年，《耶洗别》(*Jezebel*) 杂志的作者特蕾西·克拉克-弗洛里发表了一篇名为《〈小碎药丸〉其实很烂？？？》的文章。她在文章里重新审视了自己年轻时最喜欢的艾拉妮丝·莫莉塞特的专辑[1]，发现它不如自己想象中的那么好。令人印象深刻的是，她认为这张专辑相当于"九十年代中期忧郁少女"的《鲨鱼宝宝》[2]。你可以想象这篇文章激起了多大的反响。当然这可能就是这篇文章的目的。在《综艺》（*Variety*）杂志上，九十年代的乐队"给克莱尔的信"[3]的主唱凯·汉利发表了一篇尖锐的回应。

"随着年龄的增长，任何人的音乐品味都会超越他们年轻的时候，但我不觉得这是谁的错。"汉利指出，人们当然可以

---

1 即《小碎药丸》（Jagged Little Pill），加拿大歌手莫莉塞特的第三张录音室专辑。

2 Baby Shark，一首流行的儿童歌曲，以其简单的歌词和欢快的旋律而闻名。这首歌曲的主要歌词包括"Baby shark, doo, doo, doo, doo, doo, doo"，然后以相似的方式重复介绍其他家庭成员。

3 Letters to Cleo，美国另类摇滚乐队。乐队名字的灵感来自主唱凯·汉利（Kay Hanley）儿时的笔友。该乐队于 2000 年解散，2016 年重新组合发行 EP。

不再喜欢艾拉妮丝，"那篇文章真正让我感到气愤的是，作者傲慢地重构历史，以令人费解的自信否定并抹杀自己年轻时的观点。"为什么要"强烈否定"艾拉妮丝，而不是"让她愉快地融入个人经历的肌理"？"为什么不给当时的冲击留出空间，让它继续产生共鸣？""为什么要将美好的回忆拖到广场上开枪处决？"她这样质问道，试图为那些曾对我们有意义的事物正名。

否定过去的自己也是女性经验的一部分，这并不令人费解。我们向记忆开枪，是一种自卫。我们会因爱上错误的事物、以错误的方式爱或成为错误的女孩而被责骂，所以我们要先发制人。我们不再是那样了，你不能再拿这个说事了。我们总是走在前面，对自己负责，表现出符合我们年龄的行事风格，永远站在自己的身外往里看。只有这样，我们才不会受到伤害——这没有任何问题！但是，如果你是谁建立在你看起来是谁的基础之上，你将很难生长出稳定的自我认知。这个基础在不断地变动。

开创性的女性主义心理学家、伦理学家卡罗尔·吉利根[1]称这种与自己保持距离的过程为"分离"。据她所说，这是一种意识上的分裂，开始于女孩们的青春期——至少她所研究的青少年，也就是 X 世代，是这样。吉利根在《愉悦的诞生》（*The Birth of Pleasure*）中提出，青春期之前年轻的女孩能自由地行动，她们的声音不会受到"再三考虑和即时修正"的束缚（除非她们在意识到这些问题之前看了太多约翰·休斯的电影）。在青春期内，"女孩们经常会发现或害怕，如果她们将自己重要的部分、自己的愉悦感以及自己的知识表达出来，她们

1　卡罗尔·吉利根（Carol Gilligan, 1936—　），最著名的贡献是从女性角度提出"关怀道德"，以开创性工作改变了心理学领域研究女性的方式。1996 年被《时代》周刊评为"美国最有影响力的二十五人"之一。后因对学术圈的失望而离开，成为现代舞舞者和社会活动家。

与他人、与整个世界的联系就会处于危险之中"。换句话说，你将无法融入这个世界，这不是你应该做的事情。

吉利根观察到，处于这种状态的女孩开始变得"不知道自己知道什么"。她们放弃了自己对智识所掌握的权利。她们开始称自己的真实感受为"疯狂"。她引用了其中一位研究对象，十七岁的女孩艾丽斯的话："如果我说出自己的感受和想法，没有人会愿意和我待在一起，我的声音太大了。"

欲望被羞耻感所覆盖，于是女孩们开始隐藏她们"充满活力与好奇、热爱快乐的灵魂"。我们将自己与"她"分离，将"她"从我们的历史中抹去，因为只有这样，我们才能更容易地在这个世界中前行。吉利根说，某种程度上，我们能意识到与欲望分离会牺牲什么，但"意识到自己是同谋乃如此可耻，因此与其体验并质疑牺牲了什么，不如为分离辩护"。

她说，这是一种聪明但代价高昂的"心理机制，一种能让我们在父权制下生存的心理机制"。我们一直是这样被教导的。吉利根记得十二岁时"母亲的声音和女老师的声音，她们向我讲述女孩应该知道的事情，她们的声音听起来非常像在替别人说话，而不是自己主动要说"。第一次读到这句话时，我感受到了强烈的共振：我现在就是这些女性中的一员。每当我看到十几岁的侄女拒绝遵循我在青少年时期被教导的所谓不可违背的原则，比如各种着装规范与行为规范，我都觉得这是血淋淋的奇迹，非常了不起。但同时，我依然非常在乎别人会说些什么。我的中央处理器似乎仍由"我以外的人"掌管。

《愉悦的诞生》是一本奇怪的书，它穿梭于希腊神话、心理学研究和安妮·弗兰克[1]的日记之间，仿佛它们是一体的。我不是很了解吉利根关于分离理论的科学基础。但我知道，在

---

1 安妮·弗兰克（Anne Frank，1929—1945），《安妮日记》的作者，第二次世界大战期间纳粹德国灭绝犹太人的见证。

某个时刻吉利根回忆起她少女时代未经修订的声音,"既熟悉又令人惊讶",然后她做了一个梦,梦中她的头"像猫头鹰那样旋转了180度"。读到这里,我从未产生过如此强烈的共鸣。这就是我读到詹姆斯的留言时的感受:完全迷失方向。这是我。这不是我。这是我。这不是我。也许我的"猫头鹰头"旋转了整整360度,这更反常。

詹姆斯给博客留言的事发生在几年前,最初的震惊过后我不再去想它。我为什么要想呢?它是有力的证据,目击者的证词,证明曾经的我非常真实。那时的我还不知道什么是贴标签,也没有想过要成为什么类型的女孩。我只是快乐地做自己。那种快乐无从解释,但被表达了出来。如果现在的我深究下去,就必须仔细核算失去她的代价。所以,我将与她有关的记忆推回它们本该属于的地方,像我姐姐的紫色假发一样从我的视线中消失,像我的粉丝杂志副本一样被藏在一层又一层的纸箱里。

我无法直视它们，尤其是通过因难为情而半闭着的眼睛。或者是因为畏缩？是因为我曾经是谁而感到尴尬，还是因为她的失去而感到悲伤？这很难理清，尤其站在自己身外向内看时，好像都一样。

♥

我准备搬出家去上大学的时候，将衣物分成两堆，一堆要带入人生的下一阶段，另一堆计划捐给二手商店。看到乐队T恤时，有那么一瞬间我犹豫了。我拿起十四岁时在"U2"演唱会上买的（男款）T恤。那件衣服非常大，现在的年轻人喜欢穿九十年代复古风的衣服，但他们绝对无法想象，要想复制我们当年的样子，他们的衣服需要加大多少码。我的第一场演唱会是"U2"的，当时我独自坐火车前往悉尼，为了前排的好位置在体育场外排了一整天的队。排在我旁边的是一群二十岁出头的年轻人，他们邀请我加入，与我分享他们的零食，让我参与他们的聊天。因为他们，我感觉自己很酷。

看着那件 T 恤，我发现自己对这段记忆感到恐惧，它在涌起的瞬间就被彼时也快二十岁的我篡改了。他们好可怜，当时的我一定是他们的拖油瓶！天哪，当时的我怎么看不出他们只是可怜一个没有朋友的孩子？我把 T 恤塞进准备送去二手商店的垃圾袋里——真是浪费，如果当时没扔掉，我现在还可以把它当一件长睡衣来穿。然后我把其他所有乐队 T 恤都塞进垃圾袋里。我正在长大，从那时起我的衣服上只会出现条纹或波点——也许还会有 V 型图案或箭头，但不会出现任何男人的脸。

我撕掉墙上的海报，又用推车把一大堆英国音乐杂志送到回收站。我再也不需要那些东西了。"女性比男性更成熟，她们可能更早地获得并抛弃自己的痴迷。"女性在成长过程中舍弃自己的热爱，而男性则可以抓住自己的爱好，把它变成终生的激情，甚至变成一份事业。他们甚至还可以开一些可爱的玩笑，说自己从未长大。我把一堆又一堆的杂志扔进垃圾桶，看着它们坠落。

大学期间，尽管我已经彻底放弃了写乐评，在等待博客被发明出来的那段时间里，我仍偶尔写点东西。有一次，我要为学生报写一篇人物报道，采访对象是像摇滚明星一样酷的爱尔兰喜剧演员肖恩·休斯。这对我来说意义非凡。他曾在1993年登上《选择》（Select）杂志的封面。在那个年代，他在英国非常出名，是BBC二台的音乐问答节目《乐坛毒舌嗡嗡鸡》（Never Mind the Buzzcocks）的常驻嘉宾，但我所在的澳大利亚某所大学的报社里没有人知道他是谁。我猜这是因为他们没有把整个青春期都花在阅读关于英国电视节目的专栏文章上，而且那些节目在首播三个月后才会在澳大利亚播出。无论如何，我得到了这个任务。

肖恩当时正在澳大利亚举办个人专场脱口秀，那段时间他开始尝试写作，准备出一本书。所以在采访中，我问了一些与他的双重身份有关的问题。好问题！像一个真正的记者！他给出回答，并谈到如何看待自己的不同面向。作为回应，他问我："那你的妆（makeup）呢？"

我的手本能地弹向我的脸。我的妆？我的妆是我的焦虑来源之一。我的皮肤不好必须用化妆来掩盖，但我一直不知道如何化好一个妆。为了弄明白这件事，我必须去化妆品柜台，但我做不到，因为那就等于承认我可以变得更漂亮，而我的皮肤早已杜绝了这种可能。肖恩·休斯一定注意到了我的脸和脖子之间的那条米色分界线，也可能是我嘴唇上方的绒毛，它们因粉底的氧化比往常看上去更黑。或者我的鼻子！它是如此之大，没有什么能掩盖那坑坑洼洼的毛孔！我目光呆滞，心怦怦直跳，不知道该说什么。

肖恩笑了，笑中并没有恶意，但谁知道他在想什么。他是出了名的难相处，不过我和他相处的时候并没有产生这样的印象。几年前听到他去世的消息时，我非常难过。"我是说，是什么构成（make up）了你？"他澄清了关于妆容的误会，"是什么让你成为你自己？"是的，当然，我说。至于接下来我说了什么，我就不知道了，因为我不记得那些没有让自己感到尴尬的部分。

但是通过误解肖恩的问题，我完美地回答了它。我的意思是，什么样的人会真心认为一名作家 / 喜剧演员在接受采访的过程中会毫无预兆地关心采访者的脸？是那种认为这个问题值得问的人，那种非常在意他人看法的人，那种偏执地想以正确的方式成为正确的女孩的人。这种偏执其实就是她现在的妆容。

♥

本尼迪克特·康伯巴奇出现得很突然，带着他奇怪的脸与奇怪的名字。他用摩斯电码在我的肋骨上敲出一条信息：你。是。谁。我给不出答案。

我不知道自己是谁，这一点并不能完全怪在母职的头上。很久以前，我就松开了这个问题，转而抓住下面这些问题："我应该成为什么样子""我在你眼中是什么样子""抱歉打扰了，留给我的选择有哪些"。我的答案瞬息万变。《阴道独白》的创作者伊芙·恩斯勒说，当我们沉迷于迎合和取悦他人时，"一切都变得混沌不清"。她在为青少年写的书《我是情感动物》（*I Am an Emotional Creature*）中写道："我们和自己失联了。我们致力于让一切看上去不错，因此抛弃了真实。"

母职带来的"粉碎"并没有直接导致我的身份危机，只是凸显了我失去自我的程度。从一开始，我的自我意识就并非完好无损。它易碎，是一个构思不周、随意搭起来的建筑，是一层层堆叠的失误和修正——这是我；这不是我——就像用气球做的纸浆手工艺品。每当出现裂痕，我就会敷上一层纸浆，又成功地抑制了一个渴望。从外面看一切都好，但实际上它一点也不牢固。一切都好，只是不真实。

不过，母职对我发起了不一样的冲击，因为这一次，裂痕从内部出现，不容忽视。它源于我内心深处那个皱巴巴的气球——我那充满活力、好奇、爱寻欢作乐的灵魂——好像再次被空气填满。它并不像我最初想的那样已经粉碎，就像杯子砸在厨房地板上一样。它更像一种从内向外的爆发：所有试图压制、抚平它的都会被消灭。

记者盖尔·希伊在关于人生阶段的开创性著作《篇章》(Passages) 中称，这种经历是典型的"成年期可预测的危机"。(事实上，对我来说如此新颖的东西，在她 1976 年写这本书的时候就已经"可以预见"了。这既让我欣慰，又让我沮丧。我无从判断该是哪一种。）她写道，人类与龙虾并无不同。在成长的过程中，龙虾会不断长出坚硬的具有保护作用的外壳，然后在保护壳内不断膨胀，在膨胀的过程中蜕去外面的束缚层。随着"人类从一个成长阶段进入下一个阶段"——例如生孩子、离婚、退休、孩子离家、深爱的人去世、身患重病——"我们也必须蜕掉保护性结构"。我们需要成长，以应对新生活环境的变化和挑战。但现在，以前那身能够保护我们的盔甲不再合适。我们必须抛弃"紧握着的虚幻的安全感和曾经舒适且熟悉的自我意识，给予自己的独特性以更宽阔的发展空间"。

龙虾没有壳一定很奇怪，甚至很可怕。对于人类来说，生活发生重大变化后的状态也很奇怪，很可怕。希伊说，没有保护性的盔甲，我们就像龙虾一样，"暴露在外，易受伤害，但同时也像酵母和胚胎一样，能够以未曾有过的方式伸展自己"。

我们会发现自己拥有比以往多得多的能量，身处一个比以往大得多的空间。我们开始重新了解自己曾经了解的事物。我们开始重拾那些被遗忘的感觉。这是卡罗尔·吉利根所说的"分离"的反面，它是"联合"，是与"分离"刚好相反的过程——"建立联系"。我们开始认识到，自己一直以来深深地"受困于关于自己的虚假故事"当中。

所有这些中年女性，包括我自己，都在追问为什么这件事会发生在我们身上，为什么我们会突然爱上本尼。我们问错了问题，我们应该好奇他在此之前都去哪儿了，为什么他这么久才出现。如果让自己如此快乐的能力——仅仅通过投入某件事——一直潜伏于我们体内，那么我们到底在等什么？

但事实上，只有当你准备好了，本尼才会准备好。他在等待，等待你变得赤裸，等待你暴露自己。或者发酵？你想怎样就怎样。他希望你赦免自己的快乐，摆脱羞耻、内疚、尴尬、恐惧、被他人认可的束缚。他想让你知道自己想要什么。他想让你在感觉很棒的同时，不会感觉很糟。

我并不后悔扔掉那件"U2"T恤。潮流在变，我的品味也在变。现在的我认为《警察学校》有很多问题，我也不再喜欢"U2"的音乐了。但当我把那件T恤塞进垃圾袋时，我丢掉了那个会狂热地去爱某件事——任何事——的自己。这似乎是一种必然，是成长的一部分，是将孩子气收好并封存。我曾认为自己必须这样做，所以不再像以前那样去爱了。对此，我真的很后悔。

♥

我打印了一张本尼的照片——看看那双眼睛！——把他贴在空房间桌子上方的墙上。然后我在装着老照片的信封里翻来翻去，找到一张我七岁时的照片。照片上，我梳着长长的麻花辫，穿着校服和白袜，搂着我们毛茸茸的大狗厄尼——它看上去确实非常大，但那只是因为我太小了。我把这个女孩的照片也贴在墙上，紧挨着本尼。他们陪伴着我，也陪伴着彼此。如果照片上的女孩看到旁边的他，一定不会感到惊讶。她很清楚热爱一件事是什么感觉。"我很抱歉，"我对她说，"我会补偿你的。"

本尼看着我坐在书桌前。你。是。谁。他用眼神问我。他那双眼睛能够诉说很多东西。答案就在那儿，人人都能看到。这就是我。这就是我的本色。这就是我一直以来的模样。

嘿，本尼迪克特·康伯巴奇。我准备好了。

第 三 部 分　　无 拘 无 束

第十一章　这是关于女孩故事的一章

"当我们读一个女孩的故事时，大多数人都会觉得有点蠢。"

以"康伯婊"的身份"出柜"不是件难事。我的内心几乎全是本尼，所以只需要把它一点一点地灌输给外界。我开始在聊天时不经意地提到本尼，以每五百次想起他就提到一次的频率。后来，我开始用本尼的动图回复短信，那些动图只是我手机里保存的他的照片的一小部分。我将更多的他的照片贴在空房间的墙上，然后回答客人们关于这个整晚都盯着他们看的男人的问题。

内森为我做了很多跑腿的活儿。他给我买了很多可以穿在身上的本尼，所以现在每个人都能透过我的外在看到我的内心。首先是一枚木质胸针（用激光切割出本尼脸的轮廓），我把它别在外套上。"康伯婊"登场了。在农贸市场，蘑菇摊的年轻女子指着胸针说："嘿，不错！"我最喜欢的土豆摊主用戴着无指手套的手将装满红皮小土豆的袋子递给我时，会停一下，眯着眼睛问："那是谁？"

"本尼迪克特·康伯巴奇！"我说。

"噢，我喜欢他在《格拉汉姆·诺顿秀》上的表现。"她说。在我的余生中，几乎每天我都会听到和我母亲年龄相仿的女性说这句话。

在办公室里，我从本尼的日历开始，因为这很办公室风。有些照片可以说非常诱人，上衣这儿解开一粒扣子，那儿解开一粒扣子，所以我有点犹豫。斯嘉丽·约翰逊的状况再次出现。

在令人愉悦的二月页面上，留着胡碴的本尼直勾勾地盯着镜头，热辣得让人希望这是一个闰年，这时教务处的一位老师走了过来，他经过我的办公桌，停下脚步，退后几步，指指日历。我咽了口唾沫。"这是本尼迪克特·康伯巴奇吧。"他说，就像大卫·爱登堡[1]在野外辨认迷人的物种。我点点头。他惊讶地摇摇头说："我女儿很喜欢这个人。"话一说完，他就转身走了，大概是去校园里对英国的优秀演员进行更多的实地观察。我把这件事当作某种许可。

虽然我在前面长篇大论地描述这件事多么令人尴尬、多么不得体，但是后来我发现大多数人对这件事的接受度很高。我想即使他们真的觉得不合时宜，也会善意地在我背后谈论。大家可能甚至很庆幸因为这件事能跟我聊点什么。试想一下，

1　大卫·爱登堡（David Attenborough，1926—　），英国生物学家、解说员、作家，被誉为"世界自然纪录片之父"。

当你和同事挤在办公室茶水间里，你却忘了对方的名字。在此情境下，一个现成的话题是你乐于接受的礼物。"所以，你很喜欢本尼迪克特·康伯巴奇？"他们常常会这样问，或者"你是《神秘博士》的粉丝吧？"（但其实他并没有参演《神秘博士》。）

但也有很多问题，比如我为什么喜欢本尼迪克特·康伯巴奇，或者我怎么可能会喜欢本尼迪克特·康伯巴奇。当然，还有我丈夫怎么看。很多人会直截了当地告诉我，他们不理解。我告诉他们，要小心，因为一度我也不理解，但现在，看看我吧。"随着年龄的增长，可开玩笑的事情会变得越来越少，因为没有什么是你确信永远不会成为的。"这是珍妮·奥菲尔[1]的小说《猜测部》中的一句话，我现在已经熟记于心了。

还有一种人（总是男性），他们看到我喜欢本尼，心中燃

1　珍妮·奥菲尔（Jenny Offill, 1968—　），美国小说家。《猜测部》（*Dept. of Speculation*）取材于奥菲尔的生活，对亲密关系、信任、信仰等议题进行探索。

起了熊熊的正义之火，必须要告诉我，他们真的懂。不懂的人是我。帮我处理电脑问题的 IT 业务专员看着我的桌子说道："你能意识到自己其实并不了解这个人吗？"他的潜台词是本尼迪克特·康伯巴奇是个演员，像我这样的白痴会傻到爱上的人。然后，IT 男让我输入电脑密码，我比以往任何时候都更坚定地按下了键盘：B3n3d1ct_4_eva！

我的好朋友贝丝告诉我，她的好朋友布勒内·布朗说，你应该在钱包里放一份清单，列出哪些人的意见对你很重要。这份清单能随时随地提醒你：不需要在意这些人之外的所有人。我的钱包是内森给我买的，上面有本尼脸部的拼贴画，所以我不需要这样的清单。那些说"我喜欢你的钱包"的收银员是唯一值得倾听的人。

人各有所好。我一遍又一遍地对朋友、陌生人、IT 男说这句话。我们有各自的兴趣爱好。几年前，贝丝给我上了一课，当时她列出另一份清单——她的"兴趣清单"。那个时候，所有人都在问她是否要翻新房子，她厌倦了，于是想到了这个点子。她终于知道怎样完美地结束这类对话了，那就是简洁明了地表示："装修不在我的兴趣清单上。"这不是一个比喻。她真的列了一份兴趣清单，"装修"不在其中。我把这件事告诉了姐姐安珀，后来她说她受到了很大的启发，也开始列自己的兴趣清单。写下"园艺"这一条后，她就再也想不出别的东西了。她短暂地崩溃了，而且她甚至不是真的喜欢园艺。

（你的兴趣清单上有什么？我把这句话放在了括号里，只要你想，可以略过不看。我不想再亲手让另一个人陷入崩溃。）不，我改变主意了，我想知道你的兴趣清单上有什么。

我们有不同的兴趣爱好，我们喜欢的东西不一样。这是对事实的陈述，也是有效的战略防御。只要说了这句话，我就不需要再回答其他问题了。但"不一样"并不是整件事的关键，对吧？我们中有些人喜欢正常的东西，有些人喜欢奇怪的东西。

我的工位对面坐着一个非常可爱的同事，他很喜欢一支叫作"龙队"的足球队。我之所以知道，是因为我见过他的龙队马克杯、龙队玻璃杯、龙队海报、龙队应援旗，以及他身上的龙队文身。我还收到了他发来的关于举办办公室足球竞猜赛的邮件。我想所有的比赛他都会押龙队。龙队，还是龙队。他对龙队的爱，如果不比我对本尼的爱更多，至少和我的爱一样深。这当然没有问题，人各有所好，但他从来不需要补充一句额外声明。

说到体育，强烈的激情——那种会促使你去文身的激情——是如此正常，没有人会质疑我的同事。人们可能甚至没有意识到他的办公桌和我的办公桌其实是同一种。没有人会问他："你能向我解释一下为什么喜欢龙队吗？"相反，他们会问："那场比赛怎么样？"这很公平！体育已经融入我们的生活，每天的晚间新闻中都会有它的身影。期望本尼迪克特·康伯巴奇在我们的文化中占据与足球相同的地位是一种极不现实的妄想（但那将是一个怎样的世界）。因此，我欣然接受自己的命运，成为少数人中的一员。相对而言，我们的事情总是不正常，也很怪异。

但管他的呢！当我学会如何去爱本尼时，感觉棒极了——不敢相信有多棒。我不介意因这件事而成为世界上最怪的怪胎。我很开心——你不敢相信我有多开心——自己选择成为"康伯婊"，而不是日复一日地做一个正常人。我做到了。

这应该是这本书的结尾吧？*我如何学会停止焦虑，爱我所爱。*似乎是本不错的书！如果登山在你的兴趣清单上，你一定知道这就是所谓的假顶峰。因为后来我发现了雌鸟的故事，我意识到人们很容易误认为自己看见了故事的全貌，尤其是当那个故事与女性有关时。

♥

虽然我的工作听起来就是用本尼的照片装饰我的办公桌，但我确实有一份正儿八经的工作，就是我之前提到的那份，在一所大学里撰写有关科学研究的报道。我的一部分工作是采访优秀的科学家，他们几乎是各自领域的顶尖人物。我会提前阅读他们的论文，然后在学校咖啡馆与他们见面，请他们向我解释他们的研究。我会喝很多咖啡，因为我不是这个国家最先进的科研头脑之一。在喝咖啡的间隙，我会对这些令人印象深刻的人物说"对不起，麻烦再解释一遍""恐怕我还是不太明白"。我更愿意将其视为一种谦逊的姿态，你说对吧？

有一天在工作中，我看到一则关于娜奥米·朗莫尔教授的新闻剪报。她是一位进化与行为生态学家，正在研究雌鸟的叫声。所谓研究，其实更像是在证明这件事的存在——证明雌鸟可以鸣叫，她做这件事已经有十多年了。我犯起嘀咕。难道不是在"雌鸟会鸣叫吗"这个问题下勾选"是/否"，就能回答这个问题吗？而她却在这上面耗费如此多的时间，太奇怪了。我相信这只是我不太明白的又一个例子。

"不，就是字面意思。"朗莫尔教授边喝咖啡边告诉我。在这场谈话的结尾，我意识到事实比字面意思更糟，她的研究绝不仅仅关乎鸟类。

作为一名观鸟者，朗莫尔教授一直都知道雌鸟会鸣叫。在堪培拉（如果你不忙着去看大猫头鹰的话），你常常会听见雌喜鹊或雌细尾鹩莺的叫声，可能就在自己的花园里。但正如朗莫尔教授所发现的那样，即使亲眼所见，也远远不够。

她告诉我，一切始于学术生涯的初期。当时她在法国读博士，和导师一起在野外观察领岩鹨，一种雄性、雌性都会叫的鸟。"看！"她的导师指出他们面前的鸟，发出惊呼，"雌鸟在叫！太奇怪了！"朗莫尔教授突然意识到，这种原本完全正常的鸟类行为被认为奇怪，是在雌性这样做的时候。

朗莫尔教授告诉我，教科书中对鸟鸣的定义是雄鸟的声音。只有在极少数情况下，人们才会承认雌鸟会叫，但也只是将其视为"荷尔蒙异常"或"雄鸟鸣叫的非适应性副产品"。于是她决定纠正这一点，发表了一篇论文，证明雌领岩鹨也会叫。

"人们的反应是抵触。"她回忆说。人们能接受雌领岩鹨会叫的事实——以"行，好吧"的口吻，但不愿放弃这件事很奇怪的想法。"他们会说，这是非常不寻常的物种，生活在多雄性繁殖系统中，所以没错，只有在这个特定的物种中，雌鸟才会。"发现一只会叫的雌鸟，并不意味着雌鸟鸣叫就是正常的。只有雄鸟的鸣叫是正常的。

在那之后，朗莫尔教授开始试图证明其他雌鸟也会叫。她做到了。她与来自世界各地的（女性）同事一起，发表了一篇系统发育比较分析报告，证明大多数雌性鸣禽都会发出鸣叫，确切地说，是 71% 的雌性鸣禽。然而五年过去了，这一发现仍未引起人们的真正重视。就在上周的一个期刊会议上，她不得不纠正一个声称只有雄鸟会叫的人。她说，这种想法是如此根深蒂固，就连那些读过她的报告的人，甚至是见过雌鸟鸣叫的人，也很难改变自己的观点。

♥

"当我们读一个女孩的故事时，大多数人都会觉得有点蠢。"评论家莉莉·洛夫布罗在《弗吉尼亚评论季刊》发表的文章《男性的一瞥》（"The Male Glance"）中写道。这是一篇关于我们如何看待由女性创作和 / 或为女性创作的艺术和文化的文章。我在与朗莫尔教授交流的过程中止不住地想到这篇文章。洛夫布罗写道，我们"不期望女性文本能揭示任何具有普遍性的东西"，所以直接忽略它们，没有经过任何真正的思考。我们只看了一眼，就认为这足以让我们得到自己需要的所有信息：它们只是女孩的故事。

"正是因为男性的目光，女性喜剧变成小妞电影。"洛夫布罗解释说，"在讨论有女性主角的严肃电影时，男性的目光会将她们归入'强势女性角色'这一不讨人喜欢的行列。肥皂剧和真人秀也因此成了'垃圾'的代名词。"这就是为什么泰勒·斯威夫特的《1989》发行时，颇具影响力的乐评网站干草叉（Pitchfork）没有屈尊发表乐评；而当瑞安·亚当斯发布《1989》的翻唱专辑时，这家网站展示出完全不同的姿态。

我们受限于"普遍预期"，以为自己对女性叙事无所不知，甚至拒绝尝试思考自己是否错了，拒绝尝试思考她们的故事是否比我们想象中更为丰富。这是一种简单又快速的诊断方法，能让我们"自觉全知全能,省去费力分析然后拒绝接受的劳动。我们的直觉是如此准确,足够我们判断一件事"。(那是一篇非常精彩的文章。)

即使我们碰巧遇到了试图说些什么的女性叙事,我们也总是倾向于断定"这些女性文本产生的影响极为有限,或者没有得到控制,更糟糕的,只是一种偶然"。只有那一只雌鸟会叫。洛夫布罗说,我们对"女性的意向性"视而不见。

"为了纠正我们一直以来理所当然的疏忽,我们的出发点应该是女性文本的内涵比我们第一眼看到的要丰富得多。"洛夫布罗指出。她敦促我们去探寻,一旦有所发现就指出来。"当我们能自发地将以前无法察觉的事物视为显而易见的、不可避免的,我们会变得更好。"

♥

朗莫尔教授成立了一个由女性生物学家组成的小组，目的是倡导性别包容性研究。她说："传播这一信息的唯一方法是不断谈论它。"我问她为什么小组里的生物学家都是女性，她说有兴趣加入其中的刚好都是女性，她们目前正在研究这种（常见的、正常的）雌鸟鸣叫的目的。她很确定雌鸟鸣叫必定具有一定的功能性，而并非一种反常现象，"雌鸟鸣叫有各种各样的原因，和雄鸟一样"。她告诉我，她为她们正在做的事情感到骄傲，她们正在"为雌鸟做事"。

她问我是否还有其他问题，我摇摇头。一切都清晰明了，我明白了。我感谢她抽出宝贵的时间，并告诉她报道写好后我会发给她。我付了咖啡钱，穿过校园来到办公室。

什么是正常的，什么又是奇怪的，我们的定性方式其实很有趣。关键的不是"什么"，而是"谁"。两只鸟做着完全相同的事情，都在鸣叫，但只有一只值得被听到。

主管问我采访进行得如何，我心不在焉地说："挺好的，挺好的。"在不久的将来，主管为我绣了一幅本尼的十字绣，它成为我的神龛的中心。将时间拉回来，此时此刻，我看看自己的办公桌，又看看龙队大本营，然后将视线拉回办公桌。

我明白了吗？我与那位喜欢龙队的同事，一个是特例，一个是默认标准。我以为这是因为我们所爱的东西和我们所爱对象的相对受欢迎程度，但这是错误的方向。如果将注意力放在我们做的事上，它们不就是同一件事吗？我们不都在鸣叫吗？为什么我要用鸟儿做比喻？没必要比喻，我们在做同样的事，追逐我们所爱的东西，足球场上/首映式红毯上我们都在尖叫。

我们在做什么？我们让体内柔软的小动物爱其所爱。这是我们的爱好吗？还是我们的痴迷？我一直不知道该用什么词来形容，这让我浪费了很多时间。我被捆绑在我所爱的事物上，无法看到那之外的东西。我的爱好，我真正享受的事，我的快乐，我的迷恋，我的痴迷，我投注的对象，我兴趣清单上的一项。它可以用这里面的任何一个词来定义，但同时远不止于此。它不仅关乎我们所爱的事物，还关乎这种爱在我们生活中的体现，以及它带给我们的感受。如果以这种方式来思考，在功能层面上就更容易看到足球与本尼之间的共性，还有粉丝杂志、日本花道、骑马、园艺、《星际迷航》、同人作品、《警察学校》、莱昂纳德·科恩、观鸟。

"根据你他妈的想要什么来分配你的时间。"埃玛说。伊芙·罗德斯基[1]在《公平游戏》(*Fair Play*)中提出"独角兽空间"

1　伊芙·罗德斯基（Eve Rodsky），作家，哈佛大学法学博士，社会工作者。她创作的《公平游戏》致力于构建一个家庭平衡协作体系，促进家庭成员之间的沟通与相处，目前已被无数个普通家庭所采用。

的概念，这个空间允许你"主动追求那些使你成为你的东西"。这本书讨论的是如何化解家庭生活中隐性劳动的负担。她提出，保护自己的"独角兽空间"是这个过程中不容忽略的一步。《不堪重负》的作者布里吉德·舒尔特则简单将其称为"玩耍"。

我很好奇你是否列了兴趣清单。有没有什么东西可以被归类为玩耍——除了娱乐自己之外不含其他目的？

舒尔特引用美国国家玩耍研究院创始人、心理学家斯图尔特·布朗的话，无论是观看还是参与体育运动，都是在生活中至少保持某种游戏状态的简单方法。不过他指出，能够做到这一点的主要是男性。据舒尔特所说，对女性来说，"从未有过享受闲暇或玩耍的历史或文化"，童年过后，女性"往往完全放弃了玩耍"。斯图尔特·布朗说："一旦玩耍这件事没有成为你的优先事项，就会在你的情绪上、精神上和身体上造成巨大的影响，带来巨大的遗失感。玩耍是我们大多数人的天性，我们拥有将其找回的能力。" 让某件事成为优先事项的一个简单方法是让它变得 "正常"。只有当一件事被认为是正常的，是生活中自然而然、必不可少的一部分时，我们才更有可能去捍卫它。

各种性别的人都喜欢体育运动，都可以通过观看或参与体育运动来利用这个已被男性神圣化的玩耍空间。但即便是在体育运动中，女性自由自在享受其中的画面如此罕见，以至于当这件事真的发生了，人们会将其视为一种新奇的体验。美国女子足球队的前明星前锋阿比·瓦姆巴赫在她的妻子格伦农·多伊尔主持的播客节目中谈到这一点。瓦姆巴赫说，人们总是告诉她，自己竟然会那么喜欢看女足比赛。她认为，对于女性来说，这是因为她们正在经历一场 "伟大而深刻的学习，了解什么是可能的"。 她们看到如果拥抱女性的玩耍潜力，将会发生什么。我们习惯于认为女性不知道如何享受快乐，但这并非事实，只是大多数女性"从未被给予，也从未主动抓住享受快乐的机会"。正因如此，一旦看到这件事的发生，我们就会感到很不习惯。

　　一般来说，男性在保护玩耍成为其生活的一部分方面做得更好——真的是非常好——而在欢迎其他性别与他们共享玩耍空间方面做得很差。社会趋势研究员丽贝卡·亨特利说，和女性相比，尽管澳大利亚男性在有偿工作中的工作时间更长，但"出于某种原因"他们每天用于休闲娱乐的时间也更多。我有一些男性朋友，他们可以花一整天的时间钓鱼，半天的时间骑自行车，短途出行去参加藏品展览会。朋友特里斯坦夏天冲浪，冬天滑雪。内森每周一晚上都会和一群朋友玩桌游。朋友吉米一看到闪电就跳起来捕捉暴风雨来临的照片，日夜无阻。我的父亲专门腾出一个房间来安装高保真音响系统。朋友布雷特有一柜子的《星球大战》手办。我的邻居有一个院子，院子里堆满了他正在拆卸的汽车，也可能是正在重新组装的汽车。我想他们都不会为此感到难过，也不应该难过。

就在昨天，我带着儿子特迪去了堪培拉轻工业区的插槽赛车商店。他站在一堆成年男子身旁，看着他们站在轨道模型边上，用小小的玩具车比赛。其中一个男人开着他的复刻版福特野马跑车来的，那辆车就停在店门口。"看起来是个很贵的爱好。"我们进店的时候，特迪说道。在店里闲逛时，我看到一张传单，上面说这儿即将举行一场八小时巡回赛，即玩具车版的巴瑟斯特赛[1]。那儿的工作人员说，这是团队赛，但是有一年他一个人跑了六个小时，只有他和他那辆小玩具赛车。他听上去非常自豪。就像我说的，在玩这方面男人做得很好，好得惊人。

---

[1] 巴瑟斯特是每年一次针对 GT 和量产车举办的耐力赛事，在位于澳大利亚新南威尔士州巴瑟斯特市的全景山赛道举办。

我知道你没有六个小时的时间来做你想做的任何事情，但想象一下，如果某个地方的墙上贴着一张宣传这件事的传单，你能将自己置于这样一幅画面中吗？

我看着自己的办公桌。我很高兴能成为一位成熟的追星女孩，颠覆了关于什么年纪做什么事和女人应该如何的叙事。为了将这一面袒露在外，我做了足够的准备，并为此感到自豪。我知道所有在必要时为自己辩护的最佳台词。但我并不是那只奇怪的会鸣叫的雌领岩鹨，我们没有在做与众不同的事。故事的原貌并非如此。她并不是一只离经叛道的鸟，并不需要你去接受她本来的样子。她从一开始就没有做任何与众不同的事。她鸣叫，仅此而已，不用再附加任何"尽管"或"即使"。她之所以看上去像个特例，只是因为我们没有接受雌鸟也会开口鸣叫的事实。她们和雄鸟一样，一直如此。

人各有所好，我这样说是为了让人们接受我和我奇怪的癖好，但这种做法反而凸显了我的异类身份。其实应该是：每个人都有各自不同的喜好。我们都有同样的享受乐趣的能力。只是当我们中的一些人这样做时，它看起来才正常。对于其余人来说，不这样做是如此正常，以至于我们甚至忘记了自己具有享受乐趣的能力。

♥

我不是家里唯一有爱好的人。特迪带着爱好从我的肚子里出来。他喜欢所有带轮子的东西。我很惊讶他没有发动引擎，从我的肚子里轰隆隆地开出来。他学会了说话，仿佛是因为实在无法忍受我们那匮乏的车辆术语了。当我推着婴儿车走在街上时，我会指着路上的车说"挖掘机"。"不——反铲装载机！"他反驳道。他简直是世界上最可爱的爱说教的小男人。就这样，我知道了自卸货车与平板货车，前端装载机与推土机之间的区别。垃圾车会突突地鸣笛；一个人曾让特迪坐在他的山猫全地形车的驾驶座上；建筑工地的工人会倾斜水泥搅拌机，让他看到美丽的风景。"是混凝土搅拌机。"特迪纠正我。

　　很快，他将一腔热血只放在火车上，强度是之前的两倍。现在我能分辨出"圣达菲"与"飞天苏格兰人"[1]，"火箭"[2]号与"野鸭"号之间的区别。我可以说出《托马斯和朋友们》所有的角色，也可以告诉你什么是水柜蒸汽机车。我们的地毯上布满交错的木制铁路轨道和小桥，走在上面很容易被绊倒。堪培拉并不是完全没有火车，但它的火车太少了，内森和我对此感到内疚，似乎是我们强迫特迪生活在错误的栖息地，就像

1　"圣达菲"应指美国著名的古董火车"圣达菲3751"号，美国现存最古老的蒸汽机车之一，深受火车迷的追捧。"飞天苏格兰人"则是英国的标志性古董火车，行驶于爱丁堡与伦敦之间，堪称英国工业时代留下的瑰宝。

2　"火箭"号列车，1829年由罗伯特·史蒂芬森设计的一辆蒸汽机车，虽然不是世界上第一辆蒸汽机车，但也集合了当时世界上最先进的技术。"野鸭"号列车，1938年英国制造，是世界上最著名的蒸汽机车之，同时也是世界上最快的蒸汽机车。

我们买了一只毛发并不适应当地气候的宠物狗。我们尽一切努力减轻内疚感，我坐过很多很多次微型火车。

特迪现在只关心汽车，具体说是超级跑车。在我的理解里，就是那些很贵、速度非常快、看起来很酷的汽车。每次去图书馆的时候，他都会立刻冲到成人非虚构区，找到印有《极速志》（*TopGear*）和《GQ》杂志标志的汽车书。他在 YouTube 上观看一位自称"超级跑车金发女郎"的澳大利亚女主播做的视频。"你确定安全搜索功能是开着的吗？"我紧张地问道。在堪培拉，超级跑车比火车还要罕见，所以特迪以他最好的笔迹给悉尼的兰博基尼展厅写了封信。在信里，他说自己从未见过兰博基尼，因为很不幸，他的父母在堪培拉生了他。最后署名"来自特迪（今年八岁）"。他们给特迪寄来一顶兰博基尼的帽子和一封邀请函。于是，我们开了一上午的车——一辆全是凹痕的丰田凯美瑞——到达展厅那里，他戴着那顶帽子，所有人都很兴奋。

没有人质疑这件事是如何开始的，也没有人质疑它为什么会持续下去。"男人至死是少年""男孩和他们的玩具"是我们经常听到的话。我讨厌这些说法，但不得不承认它们很难反驳。他的兴趣似乎是与生俱来的，就像蝌蚪长出腿是它必须做的事情，这为它以后成为一只喜欢交通工具的青蛙打下了基础。

　　我不知道他是否会将这些热情带入成年期，但如果他想的话，他就可以这么做。在他喜欢火车的那几年，他在一次火车模型展览上环顾四周，看着所有那些戴着火车司机帽、自豪地站在那里的老人，他们指挥着自己的模型，回答有关轨距的问题，并深情地说："你可以永远爱火车。"

　　特迪的妹妹达尔茜也有自己热爱的东西。她喜欢女孩，喜欢成为女孩，喜欢所有其他女孩，喜欢与女孩相关的一切概念——她们的模样，她们喜欢的东西，她们会做的事。在学会走路之前，她会非常可爱地用屁股蹭着往前挪，那时她就对女孩的衣服很着迷，褶边越多越喜欢。她会自己挑衣服，然后把所有喜欢的衣服都穿在身上，层层叠叠，看上去像会移动的小衣服堆。

当她蹒跚学步时，她会站在镜子前，做出把头发别到耳后的动作。这个动作明显是做给别人看的，因为她的头发还很细很短，够不到耳朵。我当时的头发也不长，所以她应该不是从我这里学的。她拿着笔盖模仿涂口红的动作，用马克笔涂指甲。而我早上的例行日程只是走进浴室，拿起镊子，照照镜子，自言自语"我没时间了"，然后冲出去。

现在达尔茜已经六岁了，一切都没有变。她告诉我，她以后要搬去和最好的女生朋友一起住，她们都会有孩子，而且孩子都是女孩。如果和她玩"猜猜我是谁"的游戏，用粉色丝带绑着辫子的她会放弃彼得、比尔和查尔斯，在盒子里捞来捞去，直到拿到玛丽亚、克莱尔，或者她最喜欢的安妮塔。她的哥哥会很不耐烦地告诉她，这不符合规则，但对达尔茜来说，游戏就是这样玩的，充满爱意地凝视那个特别的、被她选中的女孩。

她喜欢粉红色的东西、亮闪闪的东西、彩虹色的东西、公主装扮、高跟鞋、独角兽、仙女、婴儿、新娘、蝴蝶、兔子、花木兰、艾尔莎、莫阿娜[1]。仅根据书脊，她就能挑出那些专为她这一类读者而写的书——关于美人鱼或长睫毛猫，封面上有金属压花，还撒着亮闪闪的金粉。她会把这些书从书架上抽出来，而我会一边哼哼唧唧地说着"拜托，不要那本"，一边把它们推回去，然后递给她一本关于海盗狗的书。我还会给她买 NASA 的 T 恤，而她继续每天穿着亮片和薄纱走来走去。我会和学校的妈妈们一起翻白眼，皱眉头，绝望地感叹即使在思想开放的堪培拉市区的北部地区，即使在我们进步的育儿方

1　艾尔莎、莫阿娜都是迪士尼动画中的女性形象。

式下，我们的女儿们还是落入了性别刻板印象的圈套。

"我从来没有鼓励她变成这样！""她不是和我学的！"我们大声宣称道，同时身穿印有"这就是女性主义者的样子""女孩们只想拥有基本的权利"的 T 恤。我们谈论自己曾经如何反对迪士尼公主电影，但很快意识到这只不过是一场徒劳。我们的女儿总是神不知鬼不觉地知道与公主有关的一切——乐佩公主穿着紫色的裙子，灰姑娘穿着蓝色的裙子。达尔茜告诉我，班上有一个女孩叫泰勒，"就像那首歌一样"。

"你是说泰勒·斯威夫特？"我问。

"不，"她说，"《美女与野兽》里的那首歌。"她从未看过那部电影，但哼起了那首歌的旋律："如时光般不老的泰勒……"[1] 怎么会这样，我和其他妈妈一起感叹，市场营销这么早就入侵了这些女孩的心灵，使得可怜的女儿成为受害者。

---

1 此处为谐音梗，原歌词为 "Tale as old as time"。

不过，这些对话总是有一个充满希望的结尾，即这个阶段不会持续下去。

"她不是和我学的！"我是这么说的，但实际上我正在教达尔茜她需要知道的东西。"女孩的玩具"和"男孩的玩具"，这种区分并不成立，但当女孩玩耍的时候，情况就会变得不一样。男孩做他想做的事，因为他有激情，跟随自己的心。那是值得追求的事业，具有固有的、普遍的、持久的价值，所以我们必须支持并保护它。然而当一个女孩做她喜欢的事时，那只是外部力量的副产品。她被操纵了，对本就可疑的东西产生了不真实的、一次性的感情。男孩可以终生享受玩耍的乐趣；女孩却被期望尽快成熟，然后抛弃所热爱的东西，女孩的热爱就像时尚一样转瞬即逝。

我只是粗略地看了一眼，就否定了达尔茜喜欢的东西，也否定了她自己的能动性。她才是喜欢某件事物的动因，我有意识地忽略了这一点。我对她的意愿视而不见。我并没有真正地看她在干什么，也没有真正地倾听她的声音，因为我从不期待在这个女孩的故事中找到任何值得自己关注的东西。

"我从来没有鼓励她变成这样！"我说。这正是问题所在。我自以为通过教导达尔茜躲避性别陷阱的束缚，就能在某种程度上凭智识击退传统的性别框架。女孩可以成为——咔嚓！——任何她们想成为的样子。但我真正在做的是扼制她自由分配时间的能力。我教导她，当你是一个真正喜欢某样东西的女孩时，这绝不仅仅关乎你和你的兴趣。我正在关闭她的"独角兽空间"——真实的，一个她本可以在那儿学会做自己的地方。"几个世纪以来，我们一直默许男人追随本能，做他们自己，而一直在对女性做相反的事情。"作家莉萨·塔代奥在《卫报》上写道，"女性告诫彼此，必须为本能穿上紧身衣，将本能装进瓶子，放入冰箱，然后用吸管喝红酒，以免口红掉色。"

当朋友和家人给特迪和达尔茜买礼物时，他们会问我："我知道可以给特迪买任何与汽车有关的东西，但达尔茜呢，她想要什么？"达尔茜想要高跟鞋。达尔茜想要口红。达尔茜想要手提包。给她买些铅笔吧，我说。我不仅亲手撕毁了她的兴趣清单，而且摧毁了她拥有兴趣爱好的可能性。然后，在未来的某一天有人会问达尔茜喜欢什么，她会震惊地发现自己根本不知道。

♥

有些事看似显而易见，但仍需要反复证明。雌鸟鸣叫。女性玩耍。我们有能力享受乐趣。我们做一件事是因为我们想这样做，和其他人一样。

"那套'噢，这帮女孩，她们根本不知道自己在说什么'

的叙事既过时又愚蠢，我们已经走过了那样的时期。"哈里·斯泰尔斯在接受《滚石》杂志采访时谈到了他的"狂热女粉丝"，"她们比谁都更清楚自己在说什么。她们是痴迷聆听的人。决定权他妈的在她们自己手上。她们在主导。"我想到了那个在卧室里入迷地听英伦流行音乐的女孩和所有演唱会上的女孩。我们能付出那么多的爱，但我们表达的爱似乎毫无价值。看，《滚石》杂志上写了，时代变了，不必再这样了。

我们已经前进了。我所成长的环境不仅是另一个时代，而且是另一个宇宙。二十二岁的谢丽来自悉尼，是《神探夏洛克》的粉丝。她告诉我，曾经一个男同事用"你和其他女孩不一样"这句话来赞美她——这句话会使二十二岁的我欣喜若狂。但对于谢丽，对于这个时代来说，这句话失效了。"别这么说，这其实是一种侮辱。"她回答他，"实际上，我非常喜欢其他女孩，这有什么问题吗？"决定权在她们自己手上。

在谢丽成为《神探夏洛克》的粉丝之前，她是"单向"乐队的粉丝，在那之前她喜欢哈利·波特。她喜欢的东西在不断变化，但从未想过随着年纪的增长退出粉丝圈。"喜欢一件事没有年龄限制，"她说，"人与人之间建立联结也没有年龄限制，对男人、对女人、对任何人都是如此。"没错，非常直截了当。我的故事对她来说一定很无聊。我的故事本来就应该很无聊。

如果我想为女孩们——为我的女孩——做对的事，我也需要将决定权掌握在自己手中。我不想再用那套愚蠢过时的叙事来拖累任何人。在这种叙事中，一个享受乐趣的女人——倒吸一口气——是例外。我不想让自己成为别人好奇的对象。我不应该寻求任何人的接受，即使他们不理解，或者尽管它多么奇怪，也不应该努力说服他们接受。我需要更像插槽赛车商店的那个男人。我需要更像谢丽。我需要在这个叙事中重新塑造自己，成为一个正在做自己想做的事的人，因为她和其他人一样有权利这样做，而且我本该早点开始。

"我的感受属于我自己。我想拥有这些感受。"苏珊说。她是"披头士"的粉丝，音乐记者汉娜·尤恩斯为她的书《粉丝女孩》（Fangirl）采访了苏珊。苏珊曾在"披头士"演唱会上尖叫数个小时，媒体将其定义为"习得性行为"，那是"披头士"的早期，歌迷大多数是女性，而且全都非常疯狂。后来"披头士"的粉丝被"严肃"的男性音乐发烧友收编，而他们的感情从未受到质疑。

"我那样做，只是因为我想。"现年六十八岁的苏珊说道，仿佛其他人不会尖叫，仿佛直到"披头士"狂热出现，每个周末的足球比赛才有了尖叫声。前面的比喻是残忍的，但作为女性，我们不得不一直说，一直解释。苏珊说所有那些尖叫都是巨大的能量释放，感觉就像在漂浮。"随他去吧，享受吧，"她敦促道，"你能从中受益。"接受吧，这是属于你的东西。

第十二章　这是关于门的一章

"那种感觉就像，噢，你永远不知道会发生什么。"

这样的一本书，它应该告诉你该怎么做吗？那样的话，就太自以为是了。你可能比我快乐得多，可能已经知道这一切。我并不想告诉你该怎么做。我只想让你知道这一切是值得的。我是说，找到你的热爱，感受某件事物的火花，扇起火焰，而不是本能地扑灭它。

这种感觉很好，但很难表达出来。因为另一种选择——没有热爱的东西的感觉，就未必不好，只是正常而已。我在脸书上的妈妈群里听到过一个故事。一个妈妈说，她的孩子把学校里做的有关家庭的作业带回家给她看。"爸爸的爱好是酿啤酒，"她的孩子写道，"妈妈的爱好是洗衣服。"我打赌那感觉一定很糟。还有一次，我去幼儿园接达尔茜时要迟到了，我拉着特迪的手告诉他，我们最好一路小跑着过去，抓紧一点。他抬头看着我，惊讶地瞪大眼睛，"妈妈！你可以跑？！"这句话刚开始听起来很好笑，我确实笑出了声。但紧随其后，我的胃一沉，我什么时候变得这么渺小。

现在我更加充实，更加宽广。这很奇怪，因为你可能会认为成为喜欢本尼的女人在建立"个人品牌"方面相当有限，但事实并非如此。在《篇章》（那本关于龙虾的书）中，盖尔·希伊写道，中年女性真正的挣扎是"通过自我声明来超越依赖性"。作为一位中年女性，拥有"一件事"帮助我实现了这一点。毕竟当你的身份在 T 恤上醒目展现时，你不可能感到自己比看起来更重要。尽管自我声明与自我决定相去甚远，但自我声明至少比我们被灌输的自我关爱要好得多。那种自我关爱只是一种别人给予你的志向。这也是作家安妮·海伦·彼得森得出的结论。她在研究倦怠的书中总结道："护肤、修脚、甜品、精心安排的假期，甚至按摩，这些都不如真正弄清楚自己喜欢做什么，然后像没人在看一样去做，感觉更好，而且这件事永远不会出现在你的简历上。"

但你知道吗？感觉很棒只是开始。我之所以来到这里，之所以对你说这些话，是因为接下来发生的事情。

我想再给你看点东西，来。

♥

塞奇刚结婚，准备与丈夫在美国爱达荷州安定下来，生个孩子。突然，她不得不因工作而出国。她独自一人在异国他乡等待着丈夫的到来。就在那段时间里，她迷上了《神探夏洛克》，然后开始接触以前从未好好探索过的感觉。《神探夏洛克》社群给予她巨大的支持。"我一直想和女性约会，但如果你是双性恋，你总是会去选择那条不会被误解或歧视的路。"她告诉我。她以为"童话般的"婚姻和孩子，是她人生的下一个阶段。"但后来我意识到并不是这样。"五个月后塞奇与丈夫分开，之后她遇到了一位出色的女性，也就是她现在的妻子。她不再想要孩子了。"我生活中需要的一切都有了。"她说。

梅丽莎来自英国约克郡——"但是，是其中一个不那么宜居的地区"，当本尼通过《奇异博士》出现在她的生活中时，她正处于谷底。她曾梦想参军，但现在已经三十多岁了，还患有关节炎和其他慢性病。梅丽莎对这个世界感到沮丧与愤怒，她惊讶地发现自己被斯蒂芬·斯特兰奇这个角色深深吸引。看到他走出破灭的梦想，开创新的未来，她的内心发生了一些变化。"这让我觉得，没错，我仍然可以有所作为，我不会像以前那样了。"她报名参加电影研究课程，并找到了锻炼的动力。她告诉我，这给了她一个新的理由，让她继续活下去。她发来一张自己在伦敦动漫展上 cos 奇异博士的照片。照片中，她跪在一个 cos 哈利·波特的可爱小朋友旁。由于关节炎，梅丽莎通常不能跪着，但当孩子要求合影时，她毫不犹豫地把拐杖放在一边，靠坏掉的膝盖支撑身体。"我不知道发生了什么，"她说，"我忘记了身上所有的毛病。我变成另一个人。"

芬恩刚搬到纽约，开始攻读 ta[1] 期待已久的音乐认知博士学位，这段经历却和 ta 想象中的有些不同。芬恩的心中因科研积压着很多能量，而本尼不知何故成了这些能量的完美出口。于是芬恩开始研究本尼，正儿八经的研究：分析他的表演，审视他的吸引力，给他写信——谈论 ta 的研究中本尼可能感

1　英语为 they，在未明确性别的时候作为第三人称单数代词。

兴趣的方面。芬恩开始尝试表演和录制《神探夏洛克》的同人播客，让本尼融入生活的方方面面，甚至尝试抽烟，只是为了感受一下像夏洛克那样拿着烟的感觉（并没有上瘾）。整段经历"让我有机会以一种自己以前没有尝试过的方式来表达男性气质，"芬恩说，"一种完全没有毒性的男性气质，比我在生活中感受到的所有男性气质更能让我产生共鸣。"这种感受让芬恩非常震惊，也让 ta 对自己的跨性别和非二元性别身份有了更深的理解。"粉丝体验的很大一部分更多地关乎我们自己，而不是那些鼓舞人心的对象。"芬恩说。

卡梅奥是一位独居女性。在过去十八年里，她一边工作，一边独自抚养有特殊需求的儿子。但现在她真正拥有了属于自己的空闲时间。也是在这个时候，她迷上了《神探夏洛克》。她领着自己踏入情色同人作品的世界，然后决定尝试创作正在阅读的那种作品——以捆绑、调教、支配和服从为特色的同人作品。这是她一直知道却羞于启齿的一面，是藏在她内心深处的黑暗秘密。即使对她自己来说，这也是禁忌。但作为匿名的同人创作者，她为读者的积极反馈感到自豪。这种感受像雪球一样越滚越大，渐渐变成勇气——第一次独自一人去纽约市的BDSM（捆绑调教）俱乐部的勇气。卡梅奥，一位五十多岁的女性，在"耻辱之上的耻辱下劳作了几十年又几十年"，走了进去，"它以一种我从未想象过的方式扩展了我的生活"。她说，从那一刻起，她觉得自己得到了解放，成了"一个更完整的人"。现在，她有了新的朋友圈，在网上认识了新伴侣，还与一家独立出版商签订了出书协议，计划出版一本情色小说。"我的生活在如此短的时间内发生了变化，而且是在人生相对较晚的阶段。"她说，"那种感觉就像，噢，你永远不知道会发生什么。"

噢，这些故事！这些美好的人。而且还有更多、更多的人，更多的故事。我可以一整天听她们的故事，而且有一段时间我确实是这样做的。每次对话结束后，我的脸颊都因笑得太多而酸痛，我发现自己在思考同一个问题：本尼迪克特·康伯巴奇是怎么做到的。我的意思是，他的确很优秀，能够做很多事情，但他正在彻底改变那些注视着他的人的生活。即使是我，也觉得多少有些夸张，不可能有人的颧骨拥有那么强大的力量。他究竟是怎么做到的？

♥

我决定再次联系卡梅奥。她会像老师一样解释事情，因为那是她做了三十年的工作。如果有人能给我一个答案，那一定是卡梅奥，而且我很喜欢和她说话。

我拨通了视频电话，但信号不好，于是我们关掉了摄像头，然后我们承认我们都更喜欢这样。谁愿意一直看着自己呢？我已经习惯了在笔记本电脑屏幕上贴上便利贴，遮住我的脸，以免看到视频里的自己。卡梅奥说，她对自己的外貌同样感到矛盾，形容自己为"不是传统意义上长得好看的女性"。这不是我们计划谈论的话题，但还是聊了下去。

她说，小时候她的父亲——"他并没有恶意"——会指出其他女孩很漂亮、可爱或淑女。"而我和这些词一点也不搭边，所以从很小的时候，我收到的讯息就是'还好我很聪明'。"在她的成长过程中，几乎所有的身份认同都源于这个出发点：聪明，而不是漂亮。她瞧不起那些注重外表或者利用容貌取得成功的人。她选择退出任何建立在美丽或女性特质基础上的竞争。"就好像我说'去吧，你们来接管，我要待在角落里做填字游戏'。"

"是的，"我说，"我熟悉这种方式。"我在十二年级的正式场合——澳大利亚的毕业舞会——穿了一套松垮难看的西装，以此表明我不在乎外貌。我费尽心思打造自己的"知识分子"形象。这种形象的基石是基于思想体系发自内心地彻底鄙视肤浅和表面的事物，鄙视穿着细肩带丝质晚礼服的女孩。卡梅奥说，从她记事起，她就不穿裙子，如非必要也不化妆。"很多先入为主的观念都建立在很久以前的单一经验之上，"她指出，"你把它锁在盒子里，再也不看它一眼。"是的，这种方式，我也很熟悉。

卡梅奥说，十几岁的时候，她在皇后区的家庭生活"充满挑战"。她只想赶快长大，从家里搬出去。这意味着她必须做出明智的选择，比如做兼职保姆，而不是选有趣的事物，她不会和朋友一起出去玩。她因此错过许多专属于青春期的经历。她从来没有迈出去，从不会将自己置于风险之下。"我真为她感到难过，"她回忆起曾经的自己，"一想到当时的她多么害怕、多么孤独，我就会忍不住哭。她无法摆脱自己的限制，真正去追求自己想要的东西。"而现在，"把自己当作一个会去纽约的俱乐部看看是什么样子的人……"她好像有些难以相信，声音渐渐弱了下去，"这是我从未追求过，甚至没有考虑过的一面，如果没有《神探夏洛克》。"我想起打这通电话的原因：本尼迪克特·康伯巴奇。

"当然，"我说，"不过你真的认为所有这些都要归因于《神探夏洛克》吗？你自己在其中发挥的作用呢？"

卡梅奥想了想，说："不，我确实认为如果没有《神探夏洛克》，我可能永远不会谈论自己的性癖，绝对不会。也许有另一条路可以让我走到这里，但我看不到，真的看不到。"

我摇摇头，有点失望。"但这不是一条路，"我说，"电视剧和俱乐部之间没有逻辑上的联系。"

"但这并不重要。"卡梅奥说。她的确很擅长解释。

她说，电视剧也好，本尼也好，都只是达到目的的一种手段。它是什么并不重要，重要的是它能让你感觉很棒。"这是一扇门，你可以在任何时间、任何地点来到门前，甚至是在看电视的时候。然后你可以说，'就是它了，我对它感兴趣'，穿过门，尽情探索。或者什么都不做，停在你原本的位置上。"

她说，如果你决定穿过门，就会走上一条新的路，引发连锁反应。这是她的亲身经历，一件事引发另一件事。你发现——或者说记起了——你有感觉很棒、享受快乐的能力。你意识到自己能做什么，并开始锻炼这种能力，渴望从生活中获得更多。这甚至成为一种强制性的需求。就是这样运作的。"它带来的快乐会渐渐扩张。"一切不再仅仅与一个名人或一部电视剧有关，而是关于你如何在世界中看待自己。

我花了很长时间试图理解这一点，但现在我想我明白了。一些微不足道的事情，比如追星，可能会产生意想不到、也许是深远的影响。不是"即使微不足道，意义仍然深远"，而是"因为微不足道，所以意义深远"。因为它有趣，因为它不重要，因为它纯粹为你，因为它让你快乐到觉得自己很蠢；因为这种快乐会不断扩张，渗入生活的方方面面，改变生活本身，也改变你本人。真正重要的正是这种改变。这就是为什么我无法在看到戴着高礼帽的本尼这件事和接下来发生的事之间取得平衡，它们不是一一对应的关系，更像是指数曲线。本尼迪克特·康伯巴奇不能改变你的生活。但找到你的热爱，并且爱它——无论它是什么——也许就能改变你的生活。

"如果你突然意外地感到快乐，不要犹豫。屈从于它。"玛丽·奥利弗在她的诗《不要犹豫》中写道。我买了她的诗集，想更仔细地了解她所说的话。她说，快乐的源泉就在我们身边，你只需要拥抱它们："快乐不是为了变成面包屑而存在。"如果你好好照料"这让我感觉很好"或"我想这样"的微光，它就会变成火焰，明亮耀眼，照亮你走过之前黑暗的路。当你迈出第一步时，很难看到最终的目的地，但你终将抵达让你自由自在做自己的地方。

听到卡梅奥的解释，我开心地笑了。她说的完全正确，而我终于明白，这与本尼迪克特·康伯巴奇无关。然后我向她讲了一些其他人的故事，以及她们体验到的快乐最终将她们带到了何处。她一点也不惊讶。"我认为我们知道自己在做什么，只是大脑还没有意识到，"她说，"我们知道自己需要什么，也知道自己要去哪里。"

♥

本尼把我带到了我要去的地方：一个空房间。这个目的地缺乏想象力，对吧？他完全可以为我打开任意一扇门，引领我去任何地方，而我选择了一扇字面意义上的门。但这正是我最需要的：一个不用在意他人需求的空间，一些完全属于自己的时间。我需要掀起母职的一角，一点点但足够让自己看清楚被母职遮盖的东西——我真正想要的东西。

原来，母职下面是写自己喜欢的东西。接着一切迎刃而解，以前的粉丝杂志作者终于写出了一本可以正式出版的书。我们都有需要抵达的地方。

你呢？你呢？你需要去哪里？我不想告诉你该怎么做，但也许你可以好好问问自己。我想第一个问题更好的问法应该是，如果一扇门出现在你面前，你会让自己跨进去吗？如果你根本无法想象会发生，如果似乎没有什么是你足够热爱或渴望的，请不要为此感到难过——你不需要额外的事情来让自己感到难过。不过，也许你可以试着回头看看。回想你曾经热爱过的东西。它是什么并不重要。它只是提醒你能做什么，让你想起那种感觉。想象一下，如果你再次拥有那种感觉会发生什么。我想知道那会把你带向何处。我知道我把所有这一切都搞得很沉重，但我相信你能做得更好。你只需要热爱一件事——

任何事——就像你的生命依赖于它一样。也许真的存在这样一件事。

　　当然，并不是每个故事都有美好的结局。莱亚不得不关闭了俄亥俄州的美甲店，在经营了整整二十七年后。它无法经受住新冠肺炎疫情的冲击。在那之后，她的一只杰克罗素梗犬去世，另外两只生病。当兽医把账单寄来时，本尼还有什么用呢？但在新冠肺炎暴发之前，莱亚又去了一次英国，这是她第二次出国。她在伦敦西区看了一场由安德鲁·斯科特主演的戏。他是《神探夏洛克》中的莫里亚蒂，也是《伦敦生活》中的性感牧师，一个点燃了很多人内心火花的角色。多年前，当莱亚在《哈姆雷特》舞台门口见到本尼时，她说她不想要自拍，因为她觉得自己在照片里看起来"很蠢"。但这一次，她和安德鲁·斯科特合了张影。她看起来美极了，浑身上下散发着光芒。

♥

本尼迪克特·康伯巴奇的脸如今无处不在：我的笔记本电脑、手机、水杯、包包、冰箱……完全失控了，但这正合我意。就像达尔茜喜欢的独角兽一样，它出现在每个可以放置东西的表面，包括她穿的每一样东西，从发箍到袜子。她现在甚至有一个独角兽手提包，它可以完美搭配生日时叔叔送给她的闪亮的粉色高跟鞋。他用包装纸把鞋包好，放进一个花哨的盒子里，像对待公主一样递给她。"这是你这个尺码能买到的最高的高跟鞋！"他告诉达尔茜，达尔茜高兴坏了。那双鞋的跟高不到一英寸 [1]。不敢相信我会为这么小的一件事感到如此激动。达尔茜告诉我，最适合穿这双鞋的地方是超市，在那儿它们可以发出正确的咔嗒咔嗒声。

1　合 2.54 厘米。

据说，只有相信独角兽存在的人，才能看到独角兽。作家尼娜·舍恩·拉斯托基说，这孕育了一种希望，让你觉得独角兽会"被你身上无法言喻的、不为人知的部分所吸引"。这是一种终极幻想："终有一天，你身上隐秘的美和魔力会被发现"。

　　达尔茜穿着她的独角兽，我穿着本尼。我用手抚过胸针上他的脸，我的圣本尼迪克特[1]。每当我弯腰帮孩子系鞋带，或者捡起地板上的脏衣服时，我都能闻到它的味道——激光切割木头的味道，闻上去有点像高中时的木工房，时不时地让我想起上一次我将自己的身份佩戴在离心脏这么近的位置时的经历。我深呼吸。我依然在这里。这是一条贯穿始终的线，是值得坚守的东西。也许我不会永远喜欢本尼，但没关系，我可以

1　指涉圣本笃，天主教圣徒，修道院制度的创立者。

拥有另一枚胸针。

也许我之后会爱上哈里·斯泰尔斯。想不喜欢都难。女粉丝们将他女性化，他欣然接受。这是"勇敢之举"，而且让他变得更性感了。特迪和达尔茜已经喜欢上他了。他的歌《善待他人》（"Treat People with Kindness"）几乎已经成了我们家的"家歌"。我们约定，每当这首歌响起，必须停下手里的事情，开始跳舞。我在厨房穿着沾满肥皂泡沫的围裙，伴着这首歌跳舞；我在卧室穿着一只袜子，换上班要穿的衣服到一半时，伴着这首歌跳舞；我在超市和达尔茜一起伴着这首歌跳舞，她在荧光灯下闪闪发光，鞋子发出她想听到的声音。

我重新开始听音乐了，而且只是因为我想要这样做。和本尼一起待在空房间里比待在外面感觉好多了。当我打开门，发现家人的陪伴时，我感到幸福。实际上，无论做什么事，我都能感受到快乐。对于那些需要愤怒来改变的事情，我变得更愤怒，而且它们已经成为我兴趣清单上的一部分。知道自己想要什么是一种强大的燃料。

真的都要归功于本尼迪克特·康伯巴奇吗？我不确定，但他向我展示了通往这里的路。我迈出了第一步。起初我似乎在倒退，但事实上那才是正确的方向。无论如何，我只想告诉你，这种感觉多么美妙，这一切多么值得。我现在非常确定这是一本关于快乐的书。

附录
这是一个关于本尼迪克特·康伯巴奇的附录

这本书有，而本尼迪克特·康伯巴奇没有的是什么？没错，一个附录！十二岁的小本尼在电影院看《上班女郎》（*Working Girl*）时，突然一阵肚子痛。几个小时后，他在医院接受了阑尾切除手术。如果你仔细看《名利场》的封面（你知道我仔细观察过），就可以在他的腰带附近、在他搭着拇指的位置看到那道疤痕。

本尼体内器官的下落，正是你可以在这个附录中看到的内容。但就像本尼的阑尾一样，它完全是额外的。你可以选择

306

读，也可以选择不读，这取决于你有多想让这本书成为一本关于本尼迪克特·康伯巴奇的书。

第一章注释

本尼迪克特·康伯巴奇奇怪的名字在他的职业生涯早期一度成为记者们长篇大论的焦点，有时甚至以很多段落谈论。《泰晤士报》2007年一篇人物专访的作者几乎无法控制自己，在引言、结尾部分，甚至中间的几个段落都细细审视这个名字。"但这肯定是某种玩笑吧？"他疑惑地问这个名叫本尼迪克特·康伯巴奇的人。康伯巴奇被迫回答："实际上这是我真实的家族姓氏。"起初，本尼试图避免这种与名字相关的困境，以本尼迪克特·卡尔顿（Benedict Carlton）的名字开始演艺生涯，追随他父亲的艺名蒂莫西·卡尔顿（Timothy Carlton）。但他的经纪人建议他使用本名，因为"这能让人们谈论你"。

尽管关注的方式并不总是他期望的。2014 年，斯泰西·康伯巴奇（Stacey Cumberbatch）被任命为纽约市全市行政服务专员时，她透露，她的家族和本尼迪克特·康伯巴奇之间的联系是本尼的一个祖先在巴巴多斯[1]拥有一座种植园，而她的家族曾在那里被奴役。

本尼迪克特·康伯巴奇在 BBC 纪录片《南太平洋》（*South Pacific*）中将"penguin"错误发音为"pengwing"，这个事件让表情包爱好者兴奋不已，也让语言学家获得了新的研究素材。它后来被引用在多本语言学教材中，作为语言学中远距同化这一音系过程的一个"明星例子"。也就是说，我们会无意中让单词中某个音节的发音更协调。其他的例子包括：把"orangutan"（红毛猩猩）读成"orangutang"（这一发音

---

1 位于东加勒比海小安的列斯群岛最东端，1624 年起成为英国的殖民地。

现在基本上成为标准），把"smorgasbord"（瑞典自助餐）读成"smorgasborg"。语言学家凯特·伯里奇说，我们有一种想押韵的本能冲动，而且"在 pengwing 这个例子中，重新构建的词语巧妙地捕捉到企鹅特有的小翅膀，这增加了发音的动机"。

　　语言学家也很喜欢本尼迪克特·康伯巴奇名字生成器！"互联网语言学家"格雷琴·麦卡洛克在在线杂志 *The Toast* 上详尽地解释本尼迪克特·康伯巴奇名字生成器在语言学层面上是如何运作的。你需要的关键原料是两个单词（可以由更短的单词组合而成），每个单词有三个音节，重音在第一个音节上。但还需要至少满足以下条件中的三个：以辅音结尾；以 b 或 c 开头；以 s、sh 或 ch 结尾；前两个音节中有 n 或 m；最后一个单词的最后一个音节中有一个 æ 的音。这就是为什么 Bendandsnap Calldispatch、Rinkydink Curdlesnoot 和 Bumbershoot

Cheeseburger 可以成立，但 Orangutang Smorgasborg 则不行。

电视评论家凯特琳·莫兰在《神探夏洛克》播出前就看过这部剧了。作为一个有眼睛的人，她知道接下来会发生什么。在接受作家萨拉·多比·鲍尔的采访时，莫兰回忆道："首播时，我发了一条推特说，'女人们，相信我，十分钟后你们肯定会打开电视'。"然后莫兰拿着饮料，做好重看的准备。"前几条推特的风格是这样的，'如你所见，这是一部质量非常高的电视剧'。第三条是'天呐，他真是太帅了'。"从那时起，情况只会变得更糟／更好。显然，本尼看到了所有这些推特。后来当莫兰不得不采访他时，她说他看起来"有点紧张"，"但他非常可爱，像十几岁的少年"。她已经采访过他好几次了。"如果你有机会，你就知道再也找不到比他更好的同伴了。他太讨人喜欢了。稍熟之后，你甚至可以叫他'本尼'。"

本尼迪克特·康伯巴奇曾写过一篇关于劫车经历的文章。

"我永远不会忘记，当时车里正在播'电台司令'的《如何彻底消失》('How to Disappear Completely')，"他写道，"这首令人印象深刻的歌放到一半，窗户开着，我们正放松地享受这段旅程。就在那时，出事了。"后来，他相信自己即将被枪杀，"我想到家，同时意识到即使身边有其他人，我们最终都会孤独地死去"。

第二章注释

在职业生涯初期，本尼迪克特·康伯巴奇简直不好看。在 2005 年《星期日泰晤士报》的一篇人物专访中，记者帕特里夏·尼科尔写道，他的"眼睛睁得很大，像一只被逮住的猫鼬"，这使他"不太可能因为扮演帅气的角色而出名"。尼科尔大概是低估了猫鼬的魅力，但现实是，以前没人认为本尼迪克特·康伯巴奇有魅力。《秃鹰》(Vultuve) 杂志曾写过这样一个残酷的标题:"本尼迪克特·康伯巴奇的亲生母亲觉得他不够性感,演不了夏洛克·福尔摩斯"。BBC对此表示赞同,批评《神探夏洛克》制片人的选角:"你们保证给我们带来一个性感的夏洛克,而不是他。"但当本尼迪克特·康伯巴奇穿着西装走进贝克街221B号的拍摄现场时,一切都变了,正如制片人马克·加蒂斯所说:"几分钟前他还是个奇怪的人,一个有姜红色头发的怪人,但那种感觉很快消失了。"

之后,本尼变得极具吸引力,在各种最性感人物排行榜上名列前茅。"我以这张脸长大,已经在这个行业摸爬滚打了十年,"本尼说,"但现在它突然出现在这些性感名单上,我想没有任何意义。刚开始演戏的时候,我连前一千名都挤不进去。"(这让我不禁想:难道我们离成为世界上最性感的人只差一件漂亮的外套?)然后,夏洛克的性感魅力不知何故渐渐转移到本尼本人身上。即使脱下戏服,我们也觉得他比以前更有魅力。但并非总是如此。歌手洛福斯·温莱特在与本尼合作了一部皇家莎士比亚剧团的作品后说："从某些角度看，他有点像我的姨妈，然后从某些角度看，他又像那个要毁了我婚姻的男人。"

　　本尼迪克特·康伯巴奇也会扔掉自己用过的餐巾纸，但他很清楚自己生理体液的价值。他在接受《纽约》杂志的袁嘉达的采访时，不小心把食物掉在了袁嘉达的手机上。"噢，不！"他说，"我把酸橘汁腌鱼溅到你的三星手机上了。对不起！噢，天呐！"袁嘉达回答说没关系。"我的手机现在值钱了。""没错，"本尼迪克特·康伯巴奇笑着说，"我本来也想说，把手机裱起来，放易贝上卖掉什么的。尽管这上面沾到的东西和我没什么关系，只是酸橘汁腌鱼。"之前那个问卷竟然没有问我是否愿意花几千美元买沾上本尼液体的东西。

第三章注释

本尼迪克特·康伯巴奇不理解人们对他本人的痴迷。在英国国家剧院演出《弗兰肯斯坦》时，他告诉《每日电讯报》，他每晚都会在前排看到同样的粉丝，夜复一夜。"我觉得很奇怪。我把自己的困惑告诉过他们，他们都觉得很尴尬。然后我说，'但是来吧，就把我当成你们中的一员。因为我曾经也坐在观众席，也曾痴迷于某件事。不过我还是不明白，我有什么好喜欢的'。"

本尼迪克特·康伯巴奇曾饰演过一些痴迷于某些事物的角色，但都以一种男性天才的方式：凡·高（《凡·高：画语人生》）、艾伦·图灵（《模仿游戏》）、夏洛克·福尔摩斯（《神探夏洛克》）、维克多·弗兰肯斯坦（《弗兰肯斯坦》）、朱利安·阿桑奇（《危机解密》）、斯蒂芬·霍金（《霍金传》）和托马斯·爱迪生（《电力之战》）。

本尼迪克特·康伯巴奇知道那些"大胆"的夏洛克同人艺术作品。在接受 MTV 全球音乐电视台采访时，他表示他"有些震惊地发现了"那些作品。"如果你想找的话，网上到处都是。我对那些作品的艺术水准感到惊讶，"他补充道，"我的身材看上去相当不错，肌肉线条看上去很明显，我做着平时不会对自己的身体做的事情，或者不会让别人对我的身体做的事情，而且与华生有关。"

第四章注释

本尼迪克特·康伯巴奇高中就已经开始演戏了。斯蒂芬·弗莱[1] 在他的回忆录中讲了一个故事。有一次，他在哈罗公学担任朗读比赛的评委，"将二等奖授予了一个名字奇怪的学生，

1　斯蒂芬·弗莱（Stephen Fry，1957—　），英国演员、主持人、作家。

本尼迪克特·康伯巴奇"。弗莱很后悔，觉得自己是"放走大鱼的渔夫"。本尼的戏剧老师马丁·泰瑞尔告诉《广播时报》，在当时他就知道自己正在见证杰出人才的成长。"你可能一生中只有一次机会能遇到这么出色的男演员……我记得他很早之前参加了一部滑稽戏的试镜，扮演戏中俏皮的法国女仆。那是个小角色，拿着鸡毛掸子掸了大约十分钟。"这样的描述并不符合人们对英国豪华寄宿学校生活的想象。泰瑞尔还称本尼在《皆大欢喜》中饰演的罗瑟琳为"自瓦妮莎·雷德格雷夫以来最出色的"（本尼变声之前在学校演出中扮演的角色大多为女性）。"我看过剧照，非常吓人，"本尼后来谈到他演的罗瑟琳时说道，"我看起来像是被一个女人附身了。"

本尼迪克特·康伯巴奇在二十世纪九十年代迷上了音乐。他在接受《新音乐快递》采访时回忆说，他在寄宿学校宿舍的墙上贴满"骑行"乐队、大卫·鲍伊、"小妖精"乐队成员布莱克·弗朗西斯的杂志海报。他曾经"非常喜欢《新音乐快递》",当时这家杂志让读者在"模糊"乐队 vs "绿洲"乐队大战中选择一方。本尼站了"模糊"。

本尼迪克特·康伯巴奇在曼彻斯特大学学习戏剧时,正值"疯狂曼彻斯特"晚期——在这座城市以毒品为燃料的独立音乐热潮。当时,我在一万多公里外的澳大利亚,在英国音乐杂志上读到了相关的报道。他告诉《GQ》的斯图尔特·麦格克,他也很享受那段日子——"追女孩、喝酒、泡夜店"。"嗑药吗?"麦格克问。"我是曼彻斯特的学生,"本尼笑着回应道,"但是,呃,对这个问题,我会保持沉默。"

第五章注释

在成为本尼迪克特·康伯巴奇的母亲之前,女演员万达·文瑟姆以二十世纪七十年代的科幻电视剧《不明飞行物》

（*UFO*）而为人所知。她参演了很多英国电视剧。在本尼出生前一年，《电视时报》（*TV Times*）刊登了一篇关于万达的报道《知道我仍有魅力是好消息》。文章中提到，"粉丝寄给她的邮件中有很大一部分来自喜欢把自己的性幻想写在纸上的人"——原来这个特质是可以遗传的！下一次我们在《电视时报》上看到万达时，她穿着长袍，怀着本尼。照片的标题是"曲线优美的准妈妈的性感"。"我与别的男人一起坐电梯，他们会对我说，'噢……我以前真的很喜欢你的母亲。她真的很性感。'"本尼出生后曾这样说道，"我不知道该怎么回答。如果我说'不，她不性感'，那对我妈来说是侮辱。如果我说'是'，似乎也不太对。我也许只能回答，'没错，她是很有吸引力'。"

有了本尼迪克特·康伯巴奇之后，性感的万达·文瑟姆成了一位母亲。尽管她一直在演戏，但从那时起与她有关的新闻报道关注的全是她的"家庭化"生活。1979年本尼三岁时，她在位于伦敦肯辛顿区的公寓接受了《电视时报》的采访。本尼当时也在场，记者形容他是一个"精力充沛的小家伙，把客厅当成体育场"。万达说，她看着他的时候，大脑一片空白。她接着又补充说："不过，他今天确实很讨厌。"然后，这位（男性）记者问万达，她现在还算不算得上"风骚"。这个问题很奇怪。她回答说："风骚，听上去一点也不居家。"这个回答可能更奇怪。最后一段才是真正的高潮："万达·文瑟姆，这位似乎总是躁动不安、不安于家庭生活的演员，开始给本尼迪克特泡茶。如果你的家里有一个本尼迪克特，你不可能像万达·文瑟姆一样整天坐在那里。"我不知道那是什么意思，但万达在那之后似乎更倾向于扮演母亲的角色。几年后，当她在《电视时报》上宣传《守护人》(Minder) 的一集时，她讲了一个关于他们一家子在希腊度假的精彩绝伦的故事。她说，五岁的本尼"走进水里玩，泳裤的松紧带突然断了。等回到海滩时，我们发现他被蜇得很严重——可能是海葵干的——而且蜇在非常敏感的私密部位。之后的两周,他走起路来像个牛仔——两腿分得很开"。

我们知道成为母亲之后的万达·文瑟姆是如何利用"空闲时间"的。本尼十三岁时,《女性天地》(*Woman's Realm*)刊登了一篇名为"我的周末"的专题文章。以下是一些亮点:"周六下午,我在熨衣板旁,而蒂姆(本尼的父亲)坐在电视前吃着我称之为'保育下午茶'的小零食。晚餐,我通常会给自己做点肉和大量的蔬菜,然后给蒂姆做一些更有趣的东西。"周日,"即使天气很热,我的男人们也想吃传统的烤肉和烤土豆。我想如果我给他们做土豆泥,可能会引发暴动"。在同一篇文章中,她提到她的儿子本尼喜欢和他两岁的侄女(本尼同母异父的姐姐特蕾西的女儿)在一起玩。"年轻男孩不喜欢婴儿是一个谬论,我儿子这一代的年轻男孩绝对喜欢。他们的妻子很幸运。"

万达既是一位性感的演员，也是一个母亲。然而直到她的儿子成名后，她这两种身份才最终融为一体。"明星和他们性感的妈妈们"是 2014 年《人物》杂志一篇报道的标题，报道的主角是本尼的性感妈妈万达·文瑟姆。同年，她加入《神探夏洛克》剧组，饰演夏洛克的母亲，她的丈夫则饰演夏洛克的父亲。该剧的编剧史蒂文·莫法特在谈到选角时说："他的父母都是演员，而且是真正的好演员，我的第一反应是请他们来演。"本尼说，当他第一次看自己与父母同台演出的那一集时，他几乎哭了出来。"我生活中最大的动力就是让他们感到骄傲。"

第六章注释

我听说过的"康伯婊"变体是"康伯宾博"（Cumberbimbo），

但只有一次，出自美国作家、"自以为傲的'康伯宾博'"玛丽·贾尼丝·戴维森之口。她甚至将自己的一部超自然浪漫小说《不死族与无备之人》（*Undead and Unwary*）献给这位"了不起的男人"本尼迪克特·康伯巴奇。"我的丈夫是一个非常善解人意的人。"

本尼迪克特·康伯巴奇对粉丝的评价通常很好。他告诉主持人查理·罗斯："她们是一群非常智慧、聪明、有动力、独立的女孩，当然也有男孩，还有男人和女人，但主要是女孩——我确实希望自己能够吸引不同世代的人。"但他并不是总能成功维护"康伯婊"的声誉。在 2014 年《出》（*Out*）杂志的一篇人物专访中，他同时冒犯了所有不同分支的粉丝，着实令人印象深刻。他在描述自己在漫展上的表现时，以不妥当的方式重现了一个青少年歇斯底里的场景。报道写道，他这样描述《神探夏洛克》的粉丝，他们"要么想把约翰·华生变成一个可爱的小玩具，要么想把我变成一个可爱的小玩具，要么想让我们在太空中的床上做爱，并用链子把我们拴在一起。"采访者对此表示赞同，并称同人创作者把无性的福尔摩斯刻画成"好色的鸡巴怪物"。换作粉丝，他们恨不得立马把这个词印在 T 恤上，并引以为豪。在同一篇报道中，本尼还将两位穿着花裙子的中年妇女称为"那边的花"，一个被很多人认为具有年龄歧视的表述。她们在他接受采访的过程中走过来请求与他合影（他礼貌地拒绝了）。丹麦粉丝研究学者莱恩·尼布鲁·彼得森博士在一篇名为《那边的花：〈神探夏洛克〉五十岁以上的女粉丝》的研究论文中充分利用了这个词。在论文中，一个五十四岁的英国粉丝对彼得森说："我不知道你多大了，但我相信对于某些事情你的感受不会和十八岁时有任何不同。"

在本尼迪克特·康伯巴奇救下一名被抢劫的外卖员的那

天，人们给我发来的关于本尼的报道达到了顶峰。这个故事被疯狂转发，出现在所有能想到的新闻媒体上，然后每一次都被转发给我。如果你错过了，我可以告诉你，那是一个很精彩的故事。本尼当时与妻子一起在伦敦搭乘 Uber。当他看到抢劫发生时立马跳了出来。正如 Uber 司机告诉《太阳报》的那样："本尼站在街上发号施令，大喊'别碰他'。我抓住了一个小伙子，本尼抓住了另一个。他似乎很清楚自己在做什么。他非常勇敢。说实话，大部分都是他的功劳。"在随后的一篇报道中，本尼说："现实生活中有很多真正的英雄，但我不是。"我认识的每个人又将这篇采访转发给了我。

第七章注释

本尼迪克特·康伯巴奇在那次不幸的《出》杂志采访中这样描述《神探夏洛克》同人作品中的人物："总是这样，其中一个下班回来，疲惫不堪，另一个非常饥渴，裤子里支起帐篷，然后就开始了。"他继续说，"主动进攻的通常是我，咬华生狗牌的也是我。"（听起来很不错！）然后采访者——一位男性——想知道女人写男／男同人作品，是不是为了"将女性从画面中移除"。本尼，同样作为男性，热烈地表示赞同，并提出自己的理论："我认为这与青春期萌动的性欲有关，因为那个时候你不太知道如何控制。我认为这是一种化解威胁的方式。所谓的'移除'是因为她们不想受伤。"有趣的是，本尼似乎认为只有青少年才会创作同人作品。（根据 AO3 的普查，网站用户的平均年龄为 25 岁，但那类露骨的同人作品的作者年龄范围为 40 岁至 49 岁。）同样有趣的是，本尼似乎认为只有异性恋女孩才会看男／男同人作品。（同一项普查还显示，在喜欢看男／男同人作品的读者中，最多的性取向是双性恋／泛性恋。）不过最有趣的是，本尼认为人们之所以写同人作品，是因为他们不知道如何控制性欲。

播客《三块补丁》[1]曾对两千名粉丝进行调查，公布了一些关于同人作品和性的数据。超过 75% 的受访者——几乎所有人都认为自己是女性或性少数群体——表示，通过同人作品他们对自己的性取向有了更深的了解。大约 65% 的受访者表示，开始看露骨的同人作品后，他们的"单独性活动"更令人满意了。我认为本尼和《出》杂志采访者所困惑的具体问题是，男/男同人作品在女性幻想中的作用。也就是女孩们读一个没有任何女性角色参与的情色故事到底是为了什么。

当他们利用同人作品所激发的性幻想进行"单独性活动"的时候，他们采用的是何种视角？换句话说，在夏洛克咬华生的狗牌时，他们是谁？下面是一些受访者对这个问题的回答，

1　*Three Patch*，一档由一群《神探夏洛克》的粉丝创办的播客。

请记住，这是一道多选题：

47% 的受访者喜欢关系中的某一特定人物的视角，25% 的受访者更喜欢场景中更具支配力量的角色的视角，而 52% 的受访者更喜欢更具顺从性的角色的视角。20% 的受访者喜欢与其性别认同最接近的角色的视角，41% 的受访者喜欢最接近其个性的角色的视角，13% 的受访者喜欢最接近其外貌特征的角色的视角。58% 的受访者喜欢以局外人的视角纵览全局，而 20% 的受访者喜欢把自己代入进去。

我不知道你是怎么想的，但在我看来，这些读者很懂得如何"操控"他们的性欲。此外，如果你认为男／男同人作品的吸引力在于"将女性从画面中移除"，那么你可能忘记了，即使有什么从画面中被移除的话，那应该是顺性别男性。几乎完全是女性和性少数群体主导了这场演出。

第八章注释

本尼迪克特·康伯巴奇也面临过假装成某个样子的困扰。这是演员的职业危害。他演过很多天才角色。他说，这只是让他看起来很聪明。"说实话，我可能是我认识的最愚蠢的演员之一，"他告诉《星际》(*Stellar*)杂志，"我之所以会去演一些最聪明的角色，是因为我被他们吸引了。他们和我完全不同。"对于这一点，我可不认同。他看起来足够聪明，绝对是一名博学多才的演员。"你必须相当聪明才能跟上他的节奏。"他同母异父的姐姐特蕾西接受《太阳报》采访时说。她接着又抛出一句犀利的话："我想这可能就是为什么他和女朋友相处总是有很多问题。"难以置信。很容易混淆演员本人与他所饰演的角色。

本尼在接受媒体采访，谈到他饰演的艾伦·图灵一角时，不得不反复指出他本人的高中数学成绩为 B。当他饰演斯蒂芬·霍金时，一位记者问他恒星是如何形成的。"天呐，这个问题太不公平了。"他回答道。《绿毛怪格林奇》（ The Grinch ）的整个宣传期，媒体都在关注他是否讨厌圣诞节（他不讨厌，但的确讨厌塑料包装）。在饰演斯蒂芬·斯特兰奇博士后，合作搭档演员蒂尔达·斯文顿开玩笑地问他，是否有信心在飞机出现紧急情况下发动神经外科医生的本能去救人。"当然了，我会在飞机上那间小小的厕所里洗干净手，"他说，"我会拿出一把塑料刀和几张餐巾纸，然后开始解剖。切开之后，一切就会变得非常简单。"不过，本尼很自豪地说，在《犬之力》（ The Power of the Dog ）中饰演牧场主后他确实学会了一些牛仔的技能。当他和家人在英国怀特岛度假时，通往海滩的路被一群牛挡住了。"有些人拿着冲浪板和野餐包站在那儿，看起来很害怕，因为那些牛一动也不动，"他说，"所以我说，'我知道该怎么办'，然后开始赶牛。"

本尼迪克特·康伯巴奇的最大问题似乎来自饰演福尔摩斯。本尼说，他最接近福尔摩斯的一次推理是他在火车上看到一个人，然后注意到他鞋上有泥。然而，我们仍然希望他成为夏洛克。喜剧作家约翰·芬尼莫尔在为 BBC 制作的广播剧《本尼迪克特·康伯巴奇到底是什么样的人？》(*What's Benedict Cumberbatch Really Like?*) 中生动地描述这一点。在剧里，一位女士走近芬尼莫尔，因为知道他曾与本尼合作过广播剧《机舱压力》(*Cabin Pressure*)，想打探一些内部消息。"噢，他很朴实，非常有趣，很好相处，"芬尼莫尔回答道。但这位女士对这个回答并不满意。"但他到底是什么样的人？"她不停地问，一遍又一遍，芬尼莫尔的描述越来越维基百科："他是一位成年白人男性，身高高于平均水平，上颌右侧磨牙轻微磨损。"紧接着，"他是一种两足的杂食性哺乳动物。"但这位女士仍不满意。"但他到底是什么样的人？"她穷追不舍，直到芬尼莫尔说，本尼迪克特·康伯巴奇就像夏洛克·福尔摩斯，一个住在贝克街的高能反社会者。"你知道吗？"她兴奋地说，"他在电视里就是这样的人！"本尼知道自己的演员形象被固化了。他曾提到，在奥斯卡预热晚宴上演员特德·丹森在房间里尖叫："噢，我的天呐！妈的！是夏洛克！你就是夏洛克！噢，天呐！"本尼说，他只能用"没有人再叫乔治·克鲁尼'道格·罗斯'了"[1]这句话来安慰自己。

最擅长将本尼迪克特·康伯巴奇和角色混为一谈的人当属本尼迪克特·康伯巴奇本人。当《ELLE》杂志的一位记者说她认为夏洛克·福尔摩斯的床上功夫不会太好时，本尼坚决不同意。"我会让人崩溃的。"他说，完全没有注意到自己用错了代词，"我准确地知道如何取悦女人，我知道自己的手指

1　乔治·克鲁尼在美剧《急诊室的故事》中饰演道格·罗斯医生，这让他首次尝到走红的滋味。

该放在哪里，自己的舌头该放在哪里，我的——他的，我应该说——他的手指，他的舌头。"本尼意识到自己把演员和角色混为一谈，但他停不下来，"我很清楚如何让那个人沉浸其中，我能够从使那个人感到愉悦中获得快乐，我可能根本没有进入……但当我这样做的时候"——在这一刻，本尼和夏洛克似乎是一体的——"一切都将推向高潮。"我觉得本尼可能比他自己意识到的更了解同人作品。

第九章注释

本尼迪克特·康伯巴奇在电影生涯的早期，在《另一个波琳家的女孩》（*The Other Boleyn Girl*）中和斯嘉丽·约翰逊有一场床戏。他当时的女朋友怎么看这件事。"我们傻笑了一阵，"他对《泰晤士报》说，"她很好。"

对名人的感情并不总是善意的。本尼说他知道一些"有强迫症的、充满妄想的、可怕的"粉丝行为，指的是网上有人声称他的妻子是犯罪主谋、伴游或其他什么的（这类言论更新速度太快，很难跟上），他的孩子都是假的……自从六十年代"披头士"成员保罗·麦卡特尼被传在车祸中死亡[1]以来，这种事一直存在，现在又多了互联网的因素。

关于本尼迪克特·康伯巴奇被物化的问题，英国作家兼记者凯特琳·莫兰曾经问他，他是否愿意为了女性主义"在一部以女性为中心的电影中扮演一个漂亮的雄性玩具？一块热辣的、被物化的男人肉？"他兴高采烈地回答："如果（《神奇女侠》中的）克里斯·派恩可以，那么本尼迪克特·康伯巴奇也可以！是的！完全没问题！"莫兰建议他只穿内裤，镜头慢慢

---

1 1969 年"保罗已死"的阴谋论开始传出。阴谋论者认为，麦卡特尼已于 1966 年死亡，出现在公共视线的"麦卡特尼"实际上是模仿秀竞赛获胜者。2015 年"保罗已死"阴谋论被《时代周刊》选为"十大阴谋论"。

摇，从他的脚到他的头。本尼插话说："背景是激动人心的性感萨克斯乐？哈哈哈，问题不大！只要拍得有意思就行。不过我的身材必须要保持好。得提前准备。"

如果你想物化本尼迪克特·康伯巴奇，真正的字面意义上，把他分解成各个部分，那么你很幸运，因为已经有人帮你做到了。比尔·布赖森[1]在《身体》（*Body*）一书中提到，英国皇家化学学会不仅精确计算出本尼身体中所含的每一种元素——主要是碳、氧、氢、氮、钙和磷，而且还精确计算出如果你想在家中打造属于自己的本尼迪克特·康伯巴奇，购买这些元素需要花费多少钱（96546.79 英镑，不包括增值税或建造成本）。

本尼迪克特·康伯巴奇了解父权制，以及自己在其中扮演的角色。在同一个采访中，他说自己很高兴成为一块被物化

---

1 比尔·布赖森（Bill Bryson，1951— ），美籍英国作家、记者，著有《万物简史》《人体简史》等。

的男人肉。他还宣布除非项目中的女演员获得与男演员相同的报酬，否则他不会接演任何角色。他的制作公司 SunnyMarch 只雇用了他和他的朋友亚当·阿克兰这两位男性，他为此感到自豪。"如果以我的名字为中心来吸引投资者，那么我们就可以利用这种关注度来开展一系列女性项目。"在后来的一次采访中他被问及什么是现代"绅士"时（那次采访的目的是推广奢侈手表），他像一位真实的绅士一样，回答道："将平台递给其他人。"

本尼迪克特·康伯巴奇排名前十的角色，从发型层面来看，我认为是：1. 夏洛克·福尔摩斯（《神探夏洛克》）；2. 夏洛克·福尔摩斯（特别篇中梳了一个不同的发型）；3. 华莱士（《举手之劳》）；4. 理查三世国王（《理查三世》）；5. 克里斯托弗·蒂特詹斯（《队列之末》）；6. 哈姆雷特王子（《哈姆雷特》）；7. 斯蒂芬·路易斯（《时间中的孩子》）；8. 威廉·普林斯·福特（《为奴十二年》）；9. 斯蒂芬·斯特兰奇（《奇异博士》）；10. 小查尔斯（《八月：奥色治郡》）。

发型最糟糕的当属多米尼克·卡明斯（《脱欧：无理之战》）。当时的发型糟糕到只要他不在片场就必须戴上帽子，包括在接受南岸天空艺术杰出成就奖时。"我戴这顶帽子不是为了装酷或装低调，"他在台上解释道，"而是因为我的发型是一个恐怖故事。"值得一提的是，他在《危机解密》中饰演的朱利安·阿桑奇，那白金色中长发。那部电影上映时，歌手菲比·布里奇斯还不出名。但当她越来越出名，就有人指出她长得很像本尼和阿桑奇。她欣然接受了，还在 2018 年的巡演中出售 T 恤，那上面印着本尼演的阿桑奇，图案上面是她的名字"菲比·布里奇斯"，令人惊艳。

本尼迪克特·康伯巴奇的脸多次出现在生日蛋糕上。女演员基利·霍斯在《格拉汉姆·诺顿秀》上讲了一个精彩的故事。当她在英国乡下某地拍摄《空王冠》(*The Hollow Crown*)时，她与同剧组的本尼、朱迪·丹奇一起去一家酒吧吃饭。几个客人注意到他们，纷纷开始打量。就在这时一个十六岁的女孩走到他们面前，哭了起来。"泣不成声！"霍斯说，"原来她正在隔壁的大厅里参加一个以本尼为主题的生日派对，蛋糕上印着本尼的脸，而他就在那里！朱迪·丹奇站在一边，作为旁注。真是太不寻常了，一件非常美妙的事。当然，他很优秀，很讨人喜欢。"诺顿补充道："如果你的生活在十六岁时到达顶峰是不是很可怕？"

第十章注释

《警察学校》上映时，本尼迪克特·康伯巴奇已经在寄宿学校读书了。那里可能不会放映这些电影。"我小时候从来没有痴迷过任何看过的东西，"他告诉《SFX》杂志，"除了《天龙特攻队》（*The A-Team*）和《飞狼》（*Airwolf*）……我还很喜欢《霹雳游侠》（*Knight Rider*）和《海滩救护队》（*Baywatch*）。但我从不着迷。"八岁时他就被送去了寄宿学校。他说："这么做似乎有点不妥。我不知道若换作我，会不会让一个八岁的孩子独自一人去外面上学。"他在《哈泼时尚》的采访中提到，他反复做同一个梦，梦中他被遗弃在祖母的房子里，醒来时发现所有人都走了。"这是上寄宿学校的孩子会有的感受。"他笑着说，"我想这可能是害怕被遗弃的表现之一。我原谅你们，爸妈，没关系。"在后来的一次采访中，他进一步解释："最初那些喉咙肿胀的时刻真的很可怕，但很快，当时所做的事带来的纯粹喜悦压倒了一切。我们就像兄弟一样，航海、露营、玩板球，一起做男孩会做的事情，一起冒险。"他现在是三个儿子的父亲，拥有自己"幸福快乐的团队"。

本尼迪克特·康伯巴奇的妻子、戏剧导演索菲·亨特十几岁时迷上了英国乐队"兄弟"（Bros）。本尼在某年的英国电影与电视艺术学院奖颁奖典礼的红毯采访中透露了这一信息。话一出口，他的脸上就闪过一丝说错话的神情。"她会因为我说了这些而恨死我的。"他摇摇头，对着镜头笑了，一副直男认命的样子。至于本尼自己，他买的第一张唱片是《这就是我要的音乐！第 24 辑》（ *Now That's What I Call Music!-Volume 24* ），其中收录了"双人无极"（2 Unlimited）、雷鬼歌手沙吉（Shaggy）和"杜兰杜兰"（DuranDuran）的音乐。

第十一章注释

本尼迪克特·康伯巴奇有很多兴趣爱好。他爱读书（他有成为文学评论家的潜力，曾为英国电视访谈节目《理查德与朱迪》撰写书评），喜欢音乐（"胜利的玫瑰"乐队、"电台司令"、"肘"乐队、"平克·弗洛伊德"、大卫·鲍伊）。他游泳，写作，练习法语，支持有意义的活动。他看温布尔登网球公开赛，谈论对素食主义的看法，做瑜伽和冥想。但他最爱的显然是表演，而且一直都是，早在表演成为他的职业之前。"我非常非常爱我的工作，"他告诉《时尚》杂志，"我爱片场，我爱剧组，我爱剧院，我爱观众。"在出演哈姆雷特之前本尼被问到他是否在为这个角色做准备，他回答说："我十七岁时就开始为哈姆雷特做准备了，甚至有可能在那之前。"他一直热爱着这件事，从未间断。当十二岁的他出演《仲夏夜之梦》时，校刊一篇评论的标题预言了接下来会发生的一切："本尼迪克特·康伯巴奇饰演的波顿将被长久记住"。（本尼迪克特·康伯巴奇的屁股也将被长久地记住。）[1]

本尼迪克特·康伯巴奇对于什么是怪异的、什么是正常

---

1 原文为 "Benedict Cumberbatch's Bottom Will Long Be Remembered"，是一句双关语。本尼在《仲夏夜之梦》里饰演尼克·波顿（Nick Bottom）。2011 年本尼参演舞台剧《弗兰肯斯坦》，在其中有一段几乎全裸的表演，观众可以看到他的屁股。

的有自己的看法。在《综艺》杂志的"演员对话演员"专题中，他与克莱尔·福伊[1]谈到与粉丝见面这件事："自拍这件事有点奇怪。我到现在仍觉得我们就不能简单地拥有某个瞬间吗？打个招呼，说说话？我不想和保罗·麦卡特尼一起自拍。我想和他聊天，想和他谈谈和弦结构、专辑、巡演。你懂我的意思吗？再深入一点。"有些事很正常（讨论和弦结构），有些事很奇怪（骨骼结构的照片）。对此，我们保留各自的看法。本尼接着说，福伊现在一定也面临同样的问题，《王冠》让她获得了极大的关注。"我真的很幸运，因为我一直——"她停顿了一下，继续说道，"你是一个长相非常独特的人。""我是一个长相很古怪的人。"本尼说。福伊吓了一跳，说："不！这和长得古怪没关系！"本尼说："但我确实长得很怪。我和马特·史

1　克莱尔·福伊（Claire Foy, 1984—　），英国演员，凭借《王冠》荣获第 70 届美国电视艾美奖剧情类最佳女主角。

密斯 [1]，你可以一眼就认出我们。"克莱尔·福伊说相比之下，当她走进一个房间，人们会眯着眼睛看她，心里想的是"嗯？我和她共过事吗？她是我的表妹吗？""大家会觉得我很眼熟，但我并不引人注意。"她补充道。

为你支持的运动队欢呼加油，很少有机会能让你对喜欢的演员做这样的事。但当本尼迪克特·康伯巴奇在六次提名后终于得到他的首个英国电影与电视艺术学院奖电视奖时，我真的非常激动。我高高跳起，与空气击掌，这不太像是我会做出来的事。我从未关注过任何类型的运动，所以那次经历对我很有教育意义。真的可以把别人的胜利当作自己的胜利来体验。一位加拿大的朋友曾告诉我，冰球迷在输掉比赛后会"暴动"，在胜利后会"暴动"得更加激烈。当时我真想掀翻一辆车，点

---

1 马特·史密斯（Matt Smith，1982— ），英国演员，2009 年被科幻系列剧《神秘博士》的制作人选为该剧的第十一任博士。

燃什么东西。《梅尔罗斯》的胜利更让我兴奋激动，在我看来那是本尼职业生涯中最出色的表演，绝对是我的最爱。如果你读到这里还没有看过本尼的任何作品——这真的可能吗——也许你可以从这一部开始。

第十二章注释

在我与"康伯娭"的交谈中，很多人会贬低自己的外貌。我听过很多次"我自己也不是模特"这样的话，它们会在不经意间自发地突然蹦出，让人感到不安。本尼也同样不会放过任何一个贬低自己外貌的机会。在谈到他与水獭长得很像这件事时，他说："这是对这种美妙的半水栖动物的极大侮辱。"我想知道对于那些不太满意自己外貌的女性来说，这是否在某种程度上使他更具有吸引力？我不知道，但其中的相互作用非常有趣。有一次，一位粉丝递给他一张照片，想要签名，照片中他身穿燕尾服坐在凳子上。他"乖乖"地在那张照片上签名，然后在下面潦草地写道："高级外星人登陆地球！讨厌这张照片……啊，好吧！！"这张独一无二的照片最后出现在 Reddit 上的 r/Cumberbitches 讨论区，所有人都能看到。"依然想要。"第一位评论者宣布。"毫不犹豫。"下一位跟进。

本尼迪克特·康伯巴奇从事角色转换事业。成为别人是他的职业。当他为《脱欧：无理之战》里的角色多米尼克·卡明斯 [1] 做准备工作时，他去了卡明斯的家。你可能会觉得这件事非常尴尬，因为他们处于政治光谱的两端。《旁观者》（*Spectator*）杂志的玛丽·韦克菲尔德，同时也是卡明斯的妻子，将发生的事情描述为"不可思议"。"那个夏夜，大概八点半左右，他在多米尼克对面坐下，以非常康伯巴奇的姿势——

---

[1] 多米尼克·卡明斯（Dominic Cummings，1971—   ），英国首相鲍里斯·约翰逊的原首席顾问、脱欧运动领袖。

双腿交叉在身下，带着一丝戒备，身体前倾，头微微抬起。'请给我水，我不怎么喝酒。'到十点半左右，他和多米尼克一样，靠在椅背上，手里拿着一杯红酒。到了凌晨一点，他完全成了多米尼克的镜像。那是一个"罗夏克墨迹测试"式的场景。两个男人都斜躺着，都把一只胳膊放在脑后。"后来当本尼饰演多米尼克的剧照出现在媒体上时，韦克菲尔德把照片拿给儿子看，他以为本尼就是自己的父亲。但这两个人长得一点也不像。"康伯巴奇并没有将自己投到每个角色中，而是被角色吸进去了。"《GQ》写道。《名利场》说，这使他成为"一种想象中的变装娃娃"。他可以成为任何你想让他成为的人。

哈里·斯泰尔斯和本尼迪克特·康伯巴奇曾一起出现在公众面前。在《詹姆士柯登深夜秀》上，他们作为队友参加了一场美国对英国的明星躲避球比赛。米歇尔·奥巴马的一球正中哈里·斯泰尔斯的胸部 [1]，随后本尼直接把球扔向了美国前第一夫人。本尼对自己的行为感到羞愧。

本尼迪克特·康伯巴奇曾为一只麻雀打开一扇门。《名利场》讲述了这件事。那只鸟被困在本尼接受采访的酒店大堂里，于是他站起来，用橡胶楔子抵住门。一件美好的小事（我对他会这么做没有感到丝毫意外），但不一定非得有什么深刻的含义。"毕竟，我算什么呢？我只是文化产业的一员，"本尼曾在一个播客上说道，"我没有那么重要。"我们不必总是制造意义。有时本尼是深刻的个人变化的催化剂，引导我们穿过隐喻的大门；有时他只是一个人，为一只鸟打开一扇真正的门。但天呐，不管哪种，都令人心醉。

1　原文为"in the 1D"，既用形状表示胸部，又暗指哈里·斯泰尔斯所属乐团 One Direction（1D）。

致谢

感谢所有帮助我写这本书的人，尤其是把自己的故事托付给我的每一个人，包括那些故事最终没有出现在书页上的人。感谢你们的坦诚、慷慨和智慧。没有你们，就没有这本书。

感谢我的经纪人凯瑟琳·德雷顿，她比我更早意识到这本书真正的含义。还要感谢凯瑟琳·米尔恩和米歇尔·豪瑞，以及他们在澳大利亚哈珀柯林斯出版社和普特南出版社的团队，感谢他们从一开始就给予我坚定的支持、信任和热情。

这本书最初是为《重金属乐迷》（*MUTHA*）杂志撰写的一

篇文章，非常感谢梅格·莱姆基发表了那篇文章，并允许我将其中的部分内容收入本书。我所引用的对利安娜·利奇博士和娜奥米·朗莫尔教授的采访内容原载于澳大利亚国立大学科学院网站，经澳大利亚国立大学、利奇博士和朗莫尔教授的许可采用部分内容。第七章中出现的同人作品节选来自《纯威士忌》（*Whiskies Neat*），在此感谢作者埃利普西卡尔的许可。

感谢乔·夏普、阿曼达·考克斯、吉米·沃尔什、安德烈埃·沃林博士、凯伦·古尔德、亚历克斯·托普弗、索菲·哈珀、珍·平克顿、玛丽·坎南、亚历克斯·奥沙利文、乔·爱德华兹、西蒙·马胡德、奈杰尔·德路易斯、内森·詹姆斯、金杰·戈尔曼、安珀·迪克森、亚当·汤普森、澳大利亚首都领地作家协会 2019 年"HARDCOPY"项目的所有成员、澳大利亚国立大学科学院的所有人，以及我的家人和朋友。

衷心感谢凯特·罗、贾丝娜·克日威卡和贝克·雷登多年来给予我的反馈和鼓励。

感谢贝丝·泰勒为我所做的一切。

感谢安珀·卡万与我并肩走过的每一步，她总是知道该说什么，该做什么。

感谢内森、特迪和达尔茜，我们做到了！我爱你们！

主　　编 | 徐　狗
策划编辑 | 赵雪雨
营销编辑 | 狄洋意　许芸茹

版权联络 | rights@chihpub.com.cn
品牌合作 | zy@chihpub.com.cn

出品方　春山望野（北京）
文化传媒有限公司

Room 216, 2nd Floor, Building 1, Yard 31,
Guangqu Road, Chaoyang, Beijing, China